# 논어

## 論語

# 논어 論語

초판 1쇄 발행 | 2020년 12월 15일
초판 4쇄 발행 | 2024년 08월 10일

지은이 | 공자 · 엮은이 | 김영진

발행인 | 김선희 · 대 표 | 김종대
펴낸곳 | 도서출판 매월당
책임편집 | 박옥훈 · 디자인 | 윤정선 · 마케터 | 양진철 · 김용준

등록번호 | 388-2006-000018호
등록일 | 2005년 4월 7일
주소 | 경기도 부천시 소사구 중동로 71번길 39, 109동 1601호
        (송내동, 뉴서울아파트)
전화 | 032-666-1130 · 팩스 | 032-215-1130

ISBN 979-11-7029-204-3 (03820)

이 도서의 국립중앙도서관 출판시도서목록(CIP)은 서지정보유통지원시스템 홈페이지
(http://seoji.nl.go.kr)와 국가자료공동목록시스템(http://www.nl.go.kr/kolisnet)에서
이용하실 수 있습니다.(CIP제어번호 : CIP2020039065)

# 論 語

공자 지음 / 김영진 엮음

매월당
MAEWOLDANG

《논어論語》는 석가모니, 예수와 더불어 세계 3대 성인聖人의 한 분으로 받들어지는 공자孔子와 그의 제자들에 관한 언행록이다. 공자는 유교의 창시자이고, 《논어》는 유교 경전 중에서도 공자의 발자취와 업적을 가장 진실하게 살펴볼 수 있는 고전이다. 따라서 《논어》의 가치는 불교의 《불경佛經》과 그리스도교의 《성경聖經》에 버금간다고 할 수 있으며, 특히 동양 3국의 지식인들에게 필독 교과서와 같은 존재이자 가장 소중히 여기는 경전 중의 으뜸 경전이라고 할 수 있다.

조선 시대의 실학자 성호 이익(1681~1763)은 《논어질서》 서문에서 《논어》의 가치를 이렇게 표현하고 있다.

"우주 만물 중에 사람보다 신령한 창조물은 없고, 성인聖人보다 위대한 사람은 없으며, 성인으로는 공자보다 훌륭한 분은 없다. 또한 가르침으로 《논어》보다 잘 갖추어진 책은 없다. 아! 하늘과 땅 사이에 어찌 《논어》가 없어서야 되겠는가?"

《논어》라는 책명과 저자에 대해 여러 가지 학설이 전해진다. 그 중 후한 시대의 저명한 역사학자 반고가 《한서》〈예문지〉에서 "논어란 공자가 제자들과 당시 사람들에게 응답한 것과 제자들이 서로 말을 주고받되 공자에게서 들은 것에 관한 말들이다. 당시 제자들이 기록해 놓은 것이 있었는데, 공자께서 돌아가신 뒤에 여러 문인들이 서로 모아 논찬(의논하여 편찬함)하였으므로 그것을 《논어》라 부른 것이다."라고 하였는데, 이 설이 현존하는 《논어》의 내용과 가장 부합된다.

《논어》는 공자가 직접 저술한 것은 아니고, 공자의 여러 제자들이 공자가 세상을 떠난 직후에 그동안 각기 기록한 것을 모아 편집한 것이다. 그 편집 시기는 중국 전국 시대(BC 370~BC 310) 초기로 예상되고, 진시황이 중국을 통일하고 나서 유가儒家의 경전을 불태우고 유생을 파묻은 '분서갱유焚書坑儒'의 사건으로 인해 《논어》는 공공연하게 민간에 널리 유통되지 못했던 것으로 알려진다. 그러나 공자 문하의 제자들이 많이 활약했던 노나라와 제나라 일대에서 대대로 구전된 것을 기록한 《노논어魯論語》 20편, 《제논어齊論語》 22편과, 공자 자택의 벽에서 출토된 《고논어古論語》 21편이 후대에 전해졌다.

서한 시대 말기에 안창후 장우가 《노논어》를 위주로 하고, 《제논어》를 참조하여 《장후론》이란 책을 만들었고, 동한 말기에 정현이 《장후론》을 근거로 다시 《제논어》, 《고논어》를 참고하여 《논어주《論語注》를 만들었다. 그 이후에 전해지는 《논어》는 거의 모두 정현의 책을 바탕으로 두고 있다.

현재 우리가 접할 수 있는 《논어》는 모두 20편에 편집되어 있고, 492개의 단문으로 기록되어 있다. 그 편명은 〈학이學而〉, 〈위정爲政〉, 〈팔일八佾〉, 〈이인里仁〉, 〈공야장公冶長〉, 〈옹야雍也〉, 〈술이述而〉, 〈태백泰伯〉, 〈자한子罕〉, 〈향당鄕黨〉, 〈선진先進〉, 〈안연顔淵〉, 〈자로子路〉, 〈헌문憲問〉, 〈위영공衛靈公〉, 〈계씨季氏〉, 〈양화陽貨〉, 〈미자微子〉, 〈자장子張〉, 〈요왈堯曰〉 등인데, 주제와 상관없이 첫 문장의 글자를 편명으로 삼았다. 주 내용은 주로 '인仁', '예禮', '중용中庸' 사상을 기반으로 정치·윤리·도덕·교육·군자·수양·인물평 등 인생 전반에 걸친 다양한 주제가 당시 생동감이 넘치는 언어로 다뤄져 있다. 하지만 《논어》는 2천5백여 년 전에 공자와 제자들의 언행을 후인들이 그 당시의 언어로 기록하여 편집한 것이라 오늘날의 책처럼 체계적으로 분류되어 있지 않고 선뜻 이해하기가 어렵다. 따라서 이 책에서는 일반인들이 쉽게 접근할 수 있도록 핵심적인 내용을 일곱 주제로 나누고, 번역과 원문을 동시에 수록하여 독자의 빠른 이해를 돕고자 한다.

많은 선현들은 《논어》를 공부할 때에 가장 효과적인 독서법과 주의해야 할 점을 다음과 같이 제시하고 있다. 먼저 가장 효과적인 독서법은 독자 스스로가 마치 공자와 직접 문답하는 것처럼 몰입해야 한다는 것이다. 이 방법은 송나라 때의 저명한 유학자 정자程子가 제시한 것으로, 그는 제자들에게 이렇게 말했다.

"《논어》를 읽는 자는 제자들이 성인[공자]에게 질문한 것을 자기의 질문으로 삼고, 성인이 대답하신 것을 오늘날 직접 스스로가 들은 것처럼 여겨라!"

또 《논어》를 읽을 때에 가장 주의할 점은 공자가 제자들에게 가르침을 줄 때는 급변하는 시대와 상황, 그리고 사람마다 지닌 재능과 기질에 따라 각기 다른 가르침을 주었기 때문에 이를 잘 분별하여 종합적으로 결론을 도출해야 한다는 것이다. 예컨대 공자가 평생 제창한 인仁에 대해 여러 제자들이 동일한 질문을 했다. 이때 공자는 제자 번지에게 인은 '애인愛人(사람을 사랑하는 것)'이라고 했고, 자장에게는 '공恭·관寬·신信·민敏·혜惠(공손·관대·신용·민첩·은혜)를 행하는 것'이라고 했으며, 안연에게는 '극기복례克己復禮(자신의 사사로운 욕심을 극복하고 예로 돌아가는 것)'라고 가르쳤다. 이 밖에 여러 제자들도 인에 대한 질문을 했는데, 공자는 그때마다 질문한 제자들의 상황과 기량에 따라 각기 다른 사례를 들어 하나씩 실천할 수 있도록 가르침을 주었다. 그것은 인의 개념이 광범위하여 한 번에 다 이해시킬 수가 없을 뿐만 아니라 제자들 각자마다 처한 상황과 기량에 맞추어 세심하게 설명해 주는 배려에서 우러나온 것이다.

그리고 동일한 질문에 완전히 상반된 가르침을 주는 경우도 있다. 즉, 제자 자로가 "들으면 곧바로 실행해야 합니까?"라고 질문하니, 공자가 "부모 형제가 계신데 어떻게 들었다고 곧바로 실행에 옮길 수 있겠느냐?"라고 제지했고, 염유가 동일한 질문을 하니, "들으면 곧바로 실행에 옮겨야 하네!"라고 권장했다. 그때 공자 곁에 있던 제자 공서화가 "스승님, 자로에게는 '들어도 곧바로 실행하지 말라.'고 하시고, 염유에게 '들으면 곧바로 실행해야 한다.'고 하시니 도대체 어느 것이 옳습니까?"라고 질문했다. 이때 공자가 이렇게 답변했다. "자로는 성품이 너무 급하니 뒤로 물러나게 한 것이고, 염유는 성품이 너무 우유부단하니 앞으로 나아가게 한 것이다." 이러한 공자의 가르침을 오늘날의 용어로 설명하자면 '맞춤형 눈높이 교육법'이라고 할 수 있다.

이 두 가지 점에 유의하면서 《논어》를 읽으면 공자의 사상을 보다 정확하게 이해할 수 있으며, 또한 무한한 독서의 기쁨과 성취를 얻을 수 있을 것이다. 실례로 북송 때의 재상인 조보는 《논어》 반 권을 읽고, 중국 천하를 잘 다스렸다고 전해진다. 이 때문에 '반부논어半部論語'라는 성어가 생겼는데, 독자 여러분도 《논어》를 읽고서 한 나라는 물론이고 온 천하를 다스릴 인재로 성공하길 기원해 본다.

김영진

## 차 례

공자 입상立像

# 제1장

난세를 바로잡기 위해
인仁의 기치를 펼치다

# 01

번지가 인을 물으니 공자께서 말씀하셨다.

"사람을 사랑하는 것이다."

## 樊遲問仁 子曰 "愛人" 〈顔淵〉
번지문인 자왈 애인 〈안연〉

> **자구字句 해석**
>
> 번지樊遲(BC 515~?) : 공자의 제자. 노나라 사람으로 이름은 수須이
> 다. 빈농의 자녀 출신으로 학문에 대한 열의가 있어서 공자
> 에게 여러 차례 인仁과 지知, 덕德을 높이고 숙원을 풀고
> 미혹을 분별하는 법과 농사 등에 관해 가르침을 받았다.
> 자왈子曰 : 공자 말씀. 자子는 보통 아들의 의미로 쓰이지만 여기서
> 는 스승이란 뜻으로 공자를 지칭함. 왈曰은 가로되, 말씀.
> 문問 : 묻다.    인仁 : 어질다.    애愛 : 사랑.    인人 : 사람.

해 설

공자의 근본 사상을 한 마디로 말하면 인仁이라고 할 수 있다.
이 인을 가장 알기 쉽고 명확하게 해설한 것은 《논어》에서 번지라
는 제자가 공자에게 인에 대해 물었을 때 "인이란 곧 사람을 사랑
하는 것이다."라고 가르쳐준 것이다.

중국에서 가장 오래된 한자 사전으로 알려진 허신의 《설문해자》에는 "인은 곧 친親함"이라고 풀이하고, 글자의 형태는 사람 '인人'과 두 '이二'로 구성되었다고 기록되어 있다. 즉 두 사람이 만나면 서로 친하게 지내야 하고 그러기 위해서는 서로 사랑해야 한다는 뜻이다. 춘추전국 시대의 역사를 다룬 책인 《국어》에도 "사람이 서로 사랑해야 인仁이라고

공자孔子

할 수 있다."라고 했고, 공자 이후 선진 시대의 유학을 집대성한 맹자孟子 역시 인을 사랑이라고 규정했으며, "자신이 먼저 남을 사랑하면 남들도 자신을 사랑하게 된다."는 논리를 펼쳤다. 이는 유학뿐만 아니라 다른 사상가 역시 유사한 개념을 지니고 있다. 즉 도가의 장자莊子는 "다른 사람을 사랑하고 사물에 이익을 주는 것을 인자함"이라 했고, 법가의 한비자韓非子는 "인이라는 것은 마음속으로 기뻐하며 사람을 사

번지樊遲

랑하는 것이며, 다른 사람의 복을 기뻐하고 화를 싫어하는데, 마음속에서 생겨 그만둘 수 없고 그 보답을 구하지 않는다. 그리하여 노자가 말하는 최상의 인은 그것을 의식하지 않은 상태에서 행하는 것이다."라고 하였다. 이와 같이 인은 "천지간의 사물의 본질 가운데에는 사람이 가장 존귀하다."는 인본주의를 바탕으로 사람끼리 서로 사랑을 베푸는 것이라고 할 수 있다.

일찍이 공자가 조정에서 공무를 마치고 집으로 돌아왔는데, 하인이 집의 마구간에서 불이 났다고 고했다. 그러자 공자는 가장 먼저 "사람이 상하지는 않았는가?"라면서 말을 돌보던 하인들의 안위부터 물었다. 이는 오늘날의 관점에서 보면 지극히 당연한 질문이지만 당시 봉건사회에서 말의 재산 가치가 말을 돌보는 하인보다 높았던 상황에서, 말보다 사람의 안위를 먼저 걱정했던 공자의 인본주의 사상은 바로 인에서부터 비롯된 것임을 알 수 있다.

기왕 말에 관한 고사가 나왔으니, 다음의 사례 한 가지를 소개한다. 춘추 시대 진秦나라의 목공(?~BC 621)은 말을 매우 아끼는 군주로 그의 휘하에는 천리마를 잘 감별할 수 있는 백락이라는 신하를 거느릴 정도였다. 하루는 목공이 기산 부근에 사냥을 나왔다가 자신의 준마를 잃어버린 일이 발생했다. 그런데 기산 부근에서 궁핍한 생활을 하던 백성들이 목공의 준마를 잡아서 먹고 있었다. 말을 찾던 관리들이 이들을 체포하여 처벌하고자 목공의 처분을 기다렸다. 보고를 받은 목공은 즉시 "군자는 짐승 때문에 사람을 상하게 해서는 안 되오. 배고픈 백성들이 나의 준마인 줄 모르고 말을 잡아먹었구려. 속설에 좋은 말을 먹고 술을 마시지 않으면 사람이 상할 수 있다고 하였으니, 그들에게 술을 나눠주고 모두 사면하도록 하시오!"라고 했다. 목공의 인자한 처분에 말고기를 잡아먹었던 백성들이 모두 감격했다.

그 후에 이웃 나라인 진晉에서 큰 기근이 생기자 목공은 인도적인 차원에서 양식을 보내 도와준 적이 있었다. 그런데 이번에는 목공의 나라에 큰 기근이 생겨 진나라에게 도움을 요청했다. 하지만 진나라는 목공의 나라를 도와주지는 못할망정 이를 기회로 삼아 대대적인 공격을 감행했다. 이에 분노한 목공은 진晉나라 군대와 한원이라는 지방에서 전투를 벌이다가 포위되는 위급한 상황에 처하게 되었다. 그런데 한 무리의 사람들이 나타나서 필사적으로 적군의 포위망을 뚫고 목공을 구했다. 그 덕분에 목공은 적군을 물리치고 적군의 군주인 혜공을 사로잡는 혁혁한 전공을 세울 수 있었다. 당시 목공을 구한 사람들은 바로 몇 년 전에 목공의 말을 잡아먹었던 백성들로, 목공의 은혜에 보답하고자 죽음을 무릅쓰고 나섰던 것이다. 또한 목공은 포로로 잡은 적의 군주인 혜공을 죽이지 않고 용서하여 풀어주고 평화조약을 맺었다.

이처럼 내가 먼저 베푼 사랑은 다른 사랑을 낳는 법이다. 또 이 진秦목공의 고사는 "원한은 곧음(공정함)으로 갚고, 은덕은 은덕으로 갚는 법"이라는 공자의 또 다른 말씀에도 부합된다. 결국 백성을 사랑하고 이웃 나라의 어려움까지 돌보았던 진목공은 중국 춘추 시대 제후들의 맹주인 패자覇者가 되었으며, 후일 진나라가 천하 통일을 하는데 기반을 다졌던 인물로 평가받고 있다.

《시경》에 이르기를 "신분이 귀한 사람에게 임금 노릇을 하려면 바르게 해야만 그들이 덕을 실행할 것이며, 신분이 천한 사람에게 임금 노릇을 하려면 너그럽게 해야만 그들이 힘을 다한다."라고 했다. 그러므로 임금 된 사람은 덕을 베풀고 남을 어질게 대하는 데 힘쓰지 않을 수 없다. 진목공의 사례가 바로 이를 증명해 준다.

## 02

군자는 근본에 힘써야 하니 근본이 서야 도가 생긴다.
효와 제는 인을 행하는 근본이다.


君子務本　本立而道生
군 자 무 본　본 립 이 도 생

孝弟也者　其爲仁之本與　〈學而〉
효 제 야 자　기 위 인 지 본 여　〈 학 이 〉


### 자구字句 해석

군자君子 : 원래 군주의 자제라는 뜻이었으나, 후에 도덕과 지성을
　　　　　겸비한 이상적인 인격자를 지칭한다.

무務 : 힘쓰다.　　본本 : 밑, 뿌리, 근본.　　립立 : 서다.

도道 : 방법, 도리.　생生 : 나다, 생기다.　효孝 : 효도, 부모를 섬김.

제弟 : 아우, 본문에서는 형과 어른을 공경하고 따른다는 뜻.

야자也者 : 모두 어조사로 '~것'이란 뜻.

위爲 : 삼다, 하다.　　인지본仁之本 : 인의 근본.

여與 : 추측을 나타내는 어조사.


해설

이 문장은 공자의 제자인 유자有子(BC 518~BC 458)가 말한 것

유자有子

이다. 공자의 제자는 약 3천 명이 있었다고 하는데, 그중에서 육예六藝에 능통한 사람이 72명이었고, 유자는 72명의 제자 중 하나였다. 유자의 이름은 약若이고 자字가 자유子有인데, 기질과 외모가 공자와 흡사하여 공자 사후에 많은 제자들이 그를 따랐다고 한다. 그는 제자들에게 먼저 "그 사람 됨됨이가 부모에게 효성스럽고 형과 어른들에게 공손하면서 윗사람 해치기를 좋아하는 이는 드물다."고 설명하고, 군자의 도道와 인仁을 행하는 근본은 효孝와 제悌로부터 비롯된다고 가르쳤다. 효와 제는 부모에게 효도하고 형과 어른에게 공손히 대하고 따르는 것을 뜻한다.

이에 관해 《중용》에도 도道와 인仁, 효제의 관계를 공자의 말을 직접 인용하여 다음과 같이 설명하고 있다. "몸을 닦음에는 도로써 할 것이요, 도를 닦는 것을 인으로써 한다. 인이라는 것은 사람다움이니, 세상에서 나와 가장 친한 어버이를 섬기고 형제를 공경하며 사랑하는 것이 그중에서 가장 큰일이다."라고 하였다.

맹자(BC 372?~BC 289) 또한 "사람이 배우지 않고도 잘하는 것을

'양능良能'이라 하고, 생각하지 않고도 아는 것을 '양지良知'라 한다. 어린아이치고 자기 부모를 사랑할 줄 모르는 자가 없으며, 장성해서는 자기 형을 공경할 줄 모르는 자가 없다. 부모를 사랑하는 것이 인仁이고, 어른을 공경하는 것이 의義인데, 이는 천하 어디에서나 통하는 똑같은 이치이다."라고 설명하면서 효와 제는 사람의 본성이라고 했다.

맹가孟軻[맹자]

또 조선 중기의 유학자인 김창협(1651~1708)은 "효제孝悌는 비단 인仁을 행하는 근본일 뿐만 아니라, 의義를 행하고 예禮를 행하고 지智를 행함에 있어 모두 이것이 근본이 된다. 그런데 유자有子가 오직 '인을 행하는 근본'이라고만 말한 것은, 인은 사랑의 이치이고 사랑은 효제심 중에 가장 친근하고 절실한 부분이기 때문이다. 의는 이 사랑을 사리에 맞게 하는 것이고 예는 이 사랑을 적절히 꾸미는 것이며 지智의 지知 역시 이 사랑을 아는 것일 뿐이다."라고 하여, 효제는 인을 행하는 근본일 뿐 아니라 의義, 예禮, 지智를 행함에 있어서도 그 근본이 된다고 했다.

인仁은 모든 미덕과 선행에 대한 총칭이다. 따라서 효와 제만으로 인의 전부라고 말할 수는 없지만 사람이 도를 닦고 인을 행할 때에 가장 먼저 지켜야 할 기본적인 덕목이고 출발점이라 할 수 있다. 예컨대 자기 부모와 형제들을 사랑하고 공경하지 않는 자가 어떻게 남의 부모와 형제들을 사랑할 수 있겠는가? 이 때문에 맹자는 "먼저 자기 부모와 형제를 사랑한 후에, 그 마음을 넓혀서 점차 모든 사람과 만물까지 사랑하는 사람이 되어야 한다."고 주장했다.

# 03

증자가 말했다. "스승님의 도道는 충忠과 서恕일 따름입니다."

## 曾子曰 "夫子之道 忠恕而已矣!" <里仁>
증 자 왈　부 자 지 도　충 서 이 이 의　〈이 인〉

---

**자구字句 해석**

증자曾子(BC 505~BC 436) : 공자의 가장 어린 제자 중 하나로 이름
　　은 삼參, 자는 자여子輿이다. 충효를 강조하고, 이를 평생
　　몸소 실천한 독실한 유학자. 또 공자의 손자인 자사에게 학
　　문을 전수해 주고, 《효경》과 《대학》의 저자로도 알려졌다.

부자夫子 : 스승님을 뜻하며, 본문에선 공자를 지칭한다.

도道 : 사람이 마땅히 걸어야 할 길, 인생의 지침으로 인도人道 즉,
　　공자가 제창한 인도仁道를 뜻한다.

충忠 : 바른 마음가짐, 진심, 충성. 남이나 왕, 국가를 위해 자신의
　　몸과 마음을 바치는 도리.

서恕 : 용서. 배려.　이而 : 말 이음.　이의已矣 : ~일 따름이다.

---

해설

어느 날, 공자가 증자에게 "삼參(증자의 이름)아! 나(우리)의 도道
는 하나로 관철되어 있다."고 말하니, 증자가 바로 공자의 뜻을 알

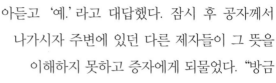

아들고 '예.' 라고 대답했다. 잠시 후 공자께서 나가시자 주변에 있던 다른 제자들이 그 뜻을 이해하지 못하고 증자에게 되물었다. "방금 스승님이 말씀하신 것이 무슨 뜻입니까?" 그러자 증자가 "스승님의 도는 충忠과 서恕일 따름입니다."라고 설명했다.

증자曾子

공자가 제창한 도道는 바로 '사람의 도'인 '인도人道'이고, 또 이는 '사람을 사랑하는 도'인 '인도仁道'를 의미한다. 그리고 이 인도仁道를 하나로 관철할 수 있는 마음가짐은 바로 충忠과 서恕라는 것이다. 《중용》에서도 공자는 자신의 도를 이렇게 설명하고 있다. "도道는 사람에게서 멀리 있지 않나니, 사람이 도를 추구하면서 사람을 멀리한다면 도라고 할 수 없다."라고 전제하면서 "충서忠恕는 도道와 거리가 멀지 않으니, 자기가 원하지 않는 것을 남에게 시키지 마라!"라고 하였다.

이는 공자와 다른 제자와의 문답에서도 재삼 확인할 수 있다. 즉, 제자 중궁仲弓이 인仁에 대해서 묻자 공자는 "문 밖에 나가 사람을 대할 때면 마치 큰손님을 뵙듯이 하며, 백성들을 부릴 때에는 큰 제사를 모시는 것 같이 하고, 내가 하고 싶지 않다면 남에게 시키지 마라!"고 하였다. 또한 자공(BC 520~BC 456)이 공자에게 이렇게 질문한 적이 있었다. "한 마디의 말로 평생 실천해야 할 것은 어떤 것일까요?" 그러자 공자는 주저 없이 "그것은 서恕이다! 자기가 원하지 않는 것을 남에게 시키지 마라!"라고 하였다. 그리고 공자는 자공에게 다음과 같은 방법도 일러주었다. "대개 어진 사람은 '자신이 서고자 할 때 남을 세우며 자신이 통달하고 싶을 때 남도 통달하게 한다.'"

자공子貢(단목사)

여기서 공자는 제자들에게 충서를 시행하는 구체적인 방법으로 "자기가 원하지 않는 것을 남에게 시키지 마라!"와 "자신이 서고자 할 때 남도 일으켜 세우며 자신이 통달하고 싶을 때 남도 통달하게 만든다."는 것을 일러주었다. 이것을 두고 많은 학자들은 "전자는 서恕를 행하는 방법이고, 후자는 충忠을 행하는 방법이다."라는 견해를 피력했다.

그렇다면 충과 서는 어떤 차이가 있는가? 북송의 유학자 주자朱子(1130~1200)는 《논어집

주자朱子

주論語集註》에서 '충서'를 이렇게 설명했다. "남을 위해 자기의 전심전력을 다하는 것을 '충忠'이라고 하고, 자기의 마음을 미루어 남을 생각하는 것을 '서恕'라고 한다." 또 조선 후기의 실학자 정약용(1762~1836)은 충과 서를 따로 분리하지 않고 모두 '서恕'로 일관되어 있다고 주장하였다. 정약용은 그 근거로 맹자가 "서를 힘써 행하면 인을 구하는데, 이보다 가까운 것이 없다."는 말을 제시하면서 도과 인을 행하는 방법은 서에서 벗어나지 않는다고 하였다. 기실 충과 서는 모두 비슷한 의미를 지닌 글자로서 충은 "내가 원하는 것을 남에게 베푼다."는 뜻이고, 서는 "내가 원하지 않는 것은 남에게 시키지 않는다."는 뜻으로 모두 인을 행할 때에 자기가 어떻게 실천하느냐에 달려 있다는 것이다. 즉, 적극적인 자세로 인을 실천하는 것이 충이고, 소극적인 자세로 인을 실천하는 것이 서라고 할 수 있다.

이를 옛 사람들은 "자기 마음을 미루어 남에게 미치는 것"과 "자로 물건을 재듯이 남의 마음을 재고, 남의 처지도 헤아린다."라고 표현하기도 했다. 이와 관련된 고사 하나를 소개하면 다음과 같다.

어느 해 겨울, 제齊나라에서 며칠 동안 폭설이 내려 그치질 않았다. 당시 제나라의 군주였던 경공(BC 561~BC 490)은 궁전에서 눈 내리는 풍경을 감상하고 있었는데, 마침 재상 안영(BC 578~BC 500)이 들어왔다. 경공이 안영에게 이렇게 말했다. "참으로 장관

안영이 경공을 만나다

이구려! 며칠 동안 눈이 하염없이 내렸는데, 이상하게 날씨는 춥지도 않네!" 이에 안영이 되물었다. "정말로 춥지 않으십니까?"

경공이 그렇다는 표정으로 웃음을 짓자 안영이 이렇게 말했다.

"제가 듣자니, 옛 어진 군주들은 자기가 배부르면 누군가가 굶주리지 않을까 생각하고, 자기가 따뜻하면 누군가가 춥지 않을까 걱정했으며, 자기 몸이 편안하면 누군가가 수고롭지 않을까 염려했다고 합니다. 그런데 군주께선 이러한 사실을 모르셨나요."

사실이 그랬다. 경공은 당시에 최고급의 호백구(여우 겨드랑이의 흰털로 만든 갖옷)를 입고 따뜻한 방에 앉아 맛있는 것을 먹고 있어서 추운 날씨로 느끼지 못했고, 설경雪景은 아름답기 짝이 없는 선경仙境이었으리라. 경공은 안영의 말을 듣고 느낀 바가 있어서 바로 나라의 창고를 열어 굶주리는 백성들을 구휼하였다.

# 04

자장子張이 공자에게 인仁에 대해 물으니 공자가 말씀하셨다. "능히 다섯 가지를 천하에 실천할 수 있으면 인이라고 할 수 있을 것이다." 그것이 무엇인지 여쭈어 물으니 공자가 말씀하였다. "공손, 관대, 신의, 민첩함과 은혜이다."

子張問仁於孔子 孔子曰 "能行五者於天下
자 장 문 인 어 공 자  공 자 왈    능 행 오 자 어 천 하

爲仁矣." 請問之 曰 "恭寬信敏惠." <陽貨>
위 인 의    청 문 지  왈   공 관 신 민 혜  〈 양 화 〉

---

## 자구字句 해석

자장子張(BC 503~?) : 공자의 제자. 이름은 전손사顓孫師, 자字가
　　　　자장子張이다. 진陳나라 양성(지금의 하남 등봉) 출신으로 가
　　　　문이 가난하고 변변치 못했으며, 한때 죄를 지은 적도 있었
　　　　으나 공자의 훈도로 훌륭한 선비가 되었다. 생전에 정치에
　　　　직접 참여하지 못했지만 공자 사후에 제자 양성에 힘쓰다.

어於 : 어조사.　능能 : 능함.　행行 : 행하다.　오五 : 다섯.

자者 : 사람. 사람이 아닌 경우에는 ~것.　청請 : 청컨대.

지之 : 어조사, 그것.　공恭 : 공손.　관寬 : 관대.　신信 : 믿음, 신의.

민敏 : 민첩함, 부지런하고 총명함.　혜惠 : 은혜, 은덕.

인仁은 공자 사상의 핵심이라고 할 수 있다. 때문에 많은 제자가 진지하게 인의 실체에 대해 묻고, 어떻게 실천할 수 있는가를 고민했다. 앞서 공자는 인은 '사람을 사랑하는 것'이고, 그 근본은 '효제심孝悌心'으로부터 시작하여 '충서忠恕'의 정신과 방법으로 실천할 것을 지도한 바 있다. 본문에서는 보다 구체적으로 인의 다섯 가지 덕목의 실천과 그 효과를 설명한 것이라고 할 수 있다.

자장子張(전손사)

먼저 '공恭'이란 남을 대할 때는 물론이고 자기 스스로 공손하게 처신함을 말한다. 다른 제자 번지가 또다시 인에 대해 묻자 공자는 "평소에 집에서 거처할 때에는 공손한 자세를 지니며, 일을 맡아 처리할 때에는 공경히 해야 하며, 남을 대할 때에는 충심으로 해야 한다."고 일러주었다. 그리고 중궁이 인에 대해 묻자 공자는 "문 밖에 나가서 사람을 대할 때에는 큰손님을 대접하는 것처럼 공손히 하고, 백성을 부릴 때에는 큰 제사를 받드는 것처럼 공경히 해야 한다."고 강조하고, "내가 원하지 않는 바를 남에게 시키지 마라. 그러면 나라에서도 원망함이 없으며, 집안에서도 원망함이 없을 것이다."고 하였다.

즉, '공손한 사람은 누구도 함부로 그를 모욕할 수 없다.'는 뜻이다. 공자는 상고 시대의 순임금이 "자기 몸을 공손히 하셨다."고 칭송하였고, 본인 스스로도 평생 몸가짐을 공손하게 처신하려고 노력하였다. 이는 제자 자공이 공자의 성품을 "온화하고 선량하며 공손하고 검약하고 겸양하셨다."고 찬양한 점에서 확인할 수 있다.

'관寬'은 너그러움으로 남을 대할 때에 관용, 관대함을 지녀야 한다는 것이다. 공자는 "윗자리에 있으면서 너그럽지 않고, 예를 행함에 공경스럽지 않으며, 초상을 치르면서 슬퍼하지 않는다면, 내가 무엇으로 그 사람을 보겠는가?"라고 하였다. 또 자장은 "군자는 현자를 존중하지만 범인凡人도 포용하며, 재능이 뛰어난 사람을 북돋우지만 재능이 없는 사람도 가련하게 여길 줄 알아야 한다."고 했다. 특히 윗사람이 되었을 때에 아랫사람을 너그럽게 대하면 자연스럽게 사람들이 따르는 것은 인지상정이다.

'신信'은 믿음, 신의, 신실한 마음가짐을 말한다. 대인관계와 인을 행함에 있어 신의는 필수적인 덕목이다. 공자는 "사람으로서 신의가 없으면 그 가함을 알 수 없다."라고 했다. 때문에 신의가 있는 사람에게 일을 맡길 수 있다는 것이다. "군자의 한 마디는 사두마차도 따라가지 못한다." 즉 말은 한 번 하면 주워 담기가 어렵고, 한 번 승낙한 말은 천금과 같으므로 약속한 말은 틀림없이 지켜야 한다는 것이다.

'민敏'은 '재빠르다, 총명하다.'는 뜻으로 민첩하게 행동한다는 것이다. 공자는 "군자는 말은 어눌하게 하고 행동은 민첩하게 한다."고 하였다. 또 "못에 가서 물고기를 탐내는 것보다는 물러나서 그물을 뜨는 것이 더 낫다."는 말이 있다. 말보다 행동이 앞서는 사람이 되어야 공을 세울 수 있다는 것이다.

'혜惠'는 은혜를 뜻하는 것으로 은혜로운 마음으로 다른 사람을 대하다 보면 자연스럽게 사람들이 따르고 부릴 수 있다는 것이다.

공자는 자장에게 '공恭·관寬·신信·민敏·혜惠'를 행하면 인仁이라고 할 수 있다고 하였다. 이러한 다섯 가지 덕목을 구비한 사람은 역사상 굉장히 드문데, 공자와 그 제자를 제외하고 가장 저명한 사람을 꼽으라면 《삼국지三國志》에 등장하는 제갈량諸葛亮(181~234)이라고 할 수 있다.

제갈량은 어려서부터 출중하였는데, 그의 스승은 수경(사마휘司馬徽) 선생으로 양양성 남쪽에 있는 수경장에 은거하면서 제자들을 가르치고 있었다. 그런데 수경 선생의 습관 중에 하나가 집에서 기르는 수탉이 매일 한낮이 될 무렵에 꼭 세 번 우는데, 이 닭 울음 소리를 듣고는 수업을 마치는 것이었다. 제갈량은 배우기를 좋아하여 하루는 닭이

제갈량 諸葛亮

울 무렵에 쌀을 준비하여 창을 통해 마당으로 뿌리곤 했다. 이때 수탉은 울 시간이지만 쌀을 먹기에 정신이 팔려 원래보다 1~2시간씩 늦게 울었다. 나중에 수경 선생이 이 비밀을 발견하고 스승을 기만했다고 제갈량을 집으로 쫓아 보냈다. 제갈량이 떠난 후 수경 선생의 부인이 제갈량을 대신해서 간청하였다. "제갈량이 스승을 기만한 것은 더 배우기 위함이 아닙니까? 그러니 한 번 용서해 주세요!" 수경 선생도 제갈량이 배우길 좋아하고 총명한 것이 마음에 들었지만 화가 풀리지 않아 제갈량의 성품이 어떠한지 더 살펴보고 결정하기로 하였다. 그리하여 제갈량이 살던 융중에 서당의 동자를 보내 몰래 그를 살펴보고 오라고 했다.

동자가 돌아와서 세 가지 일을 고했다. 첫째는 제갈량의 어머니가 겨울에 추위를 몹시 타자 제갈량이 산에 올라가 기침에 좋은 수정초를 베어다 침상에 깔아드렸고, 또 매일 저녁 자신이 먼저 어머니의 이불 속에 들어가 잠자리를 따뜻하게 만든 다음에 어머니가 편안하게 주무실 수 있게 해드린다는 것이다.

둘째는 제갈량의 집과 우물 사이에 밭 2개가 있는데, 키가 작은 제갈량이 물통을 들고 다니다가 혹여 남의 작물에 피해를 줄까 우려해 물을 길러 갈 때마다 밭을 돌아서 다녔다는 것이다.

셋째는 제갈량이 집 부근의 한 청년에게 가르침을 청했는데, 나중에 제갈량의 학문이 그 청년보다 높았음에도 여전히 공손하게 처신했다는 것이다.

수경 선생은 이 말을 듣고는 매우 기뻐하면서 동자를 거느리고 제갈량을 찾아가서 다시 공부할 것을 권했고, 자신의 모든 학문을 다 전수해 주었다. 나중에 제갈량이 유비의 책사가 된 것은 박학다식한 학문은 물론이고 위와 같은 '공恭·관寬·신信·민敏·혜惠'의 품성이 있었기 때문이었다. 또 촉한의 재상이 되어 어진 정치로 백성들에게 은혜를 베풀고, 또한 남방의 정벌에서도 적장인 맹획孟獲을 7번 잡았다가 7번 풀어주었던 '칠종칠획七縱七獲'의 고사처럼 너그러움과 은혜를 베풀 줄 아는 배포를 지녔다. 그리고 가장 중요한 것은 유비가 죽자 그 아들 유선을 받들어 자신이 죽을 때까지 북벌을 감행하여 끝까지 신하로서의 충성과 신의를 지켰다. 제갈량이야말로 공자가 언급한 '공恭·관寬·신信·민敏·혜惠'를 행했던 인자仁者 중에 한 사람이라고 할 수 있다.

## 05

공자가 말씀하셨다. "강하고 굳세고 소박하고 말이 어눌하여도 신중한 자는 인에 가깝다."

子曰 "剛毅木訥 近仁." <子路>
자 왈　강 의 목 납　근 인　　〈자 로〉

┌─ **자구字句 해석** ─┐

강剛 : 강직하다, 왕숙은 욕심이 없는 것이라 했다.

의毅 : 굳세고 과감함. 왕숙은 과감한 것이라고 했고, 정약용은 의로움을 강하게 지키는 것이라고 했다.

목木 : 박朴과 같다. 질박하다, 소박하다.

납訥 : 어눌하다, 말이 무겁고 적다. 왕숙은 따르면 느리고 더딘 것이라고 했다.

해 설

공자는 인을 행하는 덕목으로 '공恭·관寬·신信·민敏·혜惠'를 제시했고, 또 "강하고 굳세고 소박하고 말이 어눌하여도 신중한 자는 인에 가깝다."고 하였다. 이와 반대로 "말을 잘하고 얼굴 모습을 꾸미는 자 중 어진 이가 적다."고 하였다.

공자의 제자 중에 '강의목납剛毅木訥'에 가까운 인물은 증삼曾

參(증자)이라고 할 수 있다. 공자는 일찍이 "증삼은 노둔하다."고 평할 정도로 아둔했다. 그러나 증삼은 이를 개의치 않고 철저한 자신 반성과 공자의 도를 몸소 실천하기 위해 노력했다. 증자는 일찍이 "나는 하루에 세 번씩 나를 반성해 본다. 남을 위해 어떤 일을 도모할 때에 바른 마음을 다하였는가? 벗과 사귐에 믿음을 다하였는가? 가르침을 제대로 복습하여 익혔는가?"라고 했으며, 공자에게 도를 전수받은 후에는 "선비는 도량이 넓고 뜻이 굳세지 않으면 안 되나니, 책임이 무겁고 갈 길이 멀기 때문이다. 인으로써 자기의 책임으로 삼으니 또한 무겁지 않은가? 죽은 후에야 끝나는 것이니 또한 멀지 않은가?"라고 하였다.

《장자莊子》〈양왕讓王〉편에도 그의 소박한 생활과 강직하면서도 의연한 모습을 다음과 같이 소개하고 있다.

"증자가 위衛나라에 살고 있을 때, 그의 솜옷은 다 낡아서 껍데기가 없었고, 그의 얼굴은 퉁퉁 부어 종기가 곪아 터졌으며, 손발은 트고 갈라져 있었다. 그의 집은 사흘 동안이나 불을 때지 못했으며, 십 년이 넘도록 옷 하나를 지어 입지 못했다. 갓을 쓰려면 갓끈이 끊어지고, 옷깃을 여미려 하면 팔꿈치가 나오고, 신을 신으려 하면 뒤꿈치가 터져 빠져버리는 형편이었다. 하지만 그가 《시경》을 읊으면 그 소리는 금석金石의 악기에서 나는 것 같았다. 천자도 그를 신하로 삼지 못하였고, 제후도 그를 벗으로 사귀지 못했다. 그러므로 정신을 기르는 자는 외물外物을 잊으며, 외물을 잊고 몸을 기르는 자는 이욕利欲을 잊으며, 도道에 이른 자는 모든 마음을 잊는다."

또한 그가 말을 잘하지는 못하더라도 한 번 자신이 한 말이나 주변 사람들이 한 말에 대한 신용을 지키려고 부단히 노력했다는 고사가 《한비자韓非子》에 전해 온다.

"하루는 증삼의 아내가 시장을 가는데 아이가 어미를 따라가겠다고 울면서 떼를 썼다. 그 어미가 말하길 '너는 집에 돌아가 있어라! 내가 시장에서 돌아오면 맛있는 돼지 새끼 요리를 해주마!' 증삼의 아내가 시장에 갔다 왔는데 증삼은 돼지 새끼를 잡고 있었다. 아내가 그를 말리면서 '여보! 돼지 요리를 해주겠다는 소리는 아이를 달래기 위해 빈 말을 한 것입니다.' 이에 증삼이 말했다. '아이에게 빈 말을 하면 안 되오! 아이는 세상 물정을 모르기 때문에 부모에게 기대어 배우고 가르침을 듣는데, 지금 당신이 아이를 속이면 아이는 어미를 믿지 못하고, 그러면 가르침이 이뤄질 수가 없소!' 라고 말하고 마침내 돼지 새끼를 삶았다."

이처럼 증삼의 행동은 아둔할 정도로 미련스럽게 보이지만 말에 대한 신용을 중시했다. 증삼은 '지행합일知行合一'을 몸소 실천하는 성품으로, 공자의 3천 제자 중에서 가장 나이가 어렸지만 공자의 도를 후세에 온전하게 전할 수 있었다. 이 때문에 계곡 장유(1587~1638)는 〈사계김선생신도비명〉에서 다음과 같이 증삼에 비유했다.

그릇이 큼직하고 뜻이 굳세어야 멀리 이를 수 있고,
질박하고 어눌함이 인仁의 속성에 가깝다네.
성인의 가르침이 분명하나니, 공문孔門 사과四科의 반열 속에
노둔한 증삼 끼지 못했어도 끝내는 공부자孔夫子 뒤를 이었도다!

위 시에서 '공문 사과'는 덕행德行·언어言語·정사政事·문학文學 등의 4가지 방면과 그 방면에 뛰어난 제자들을 가리킨다. 즉 덕행에는 안연顔淵·민자건閔子騫·염백우冉伯牛·중궁仲弓, 언어에는 재아宰我·자공子貢, 정사에는 염유冉有·계로季路, 문학에는 자유子游·자하子夏 등을 가리킨다. 이 10명은 공자의 제자 중에 한 방면에 뛰어난 재주를 지닌 사람들로 흔히 공문십철孔門十哲이라 부르는데, 증자는 여기에도 끼지 못했다. 그러나 증자는 훗날에 공자의 손자인 자사子思를 가르치고, 또 맹자가 증삼의 학통을 이어받아 공자의 도를 후세에 전하게 되었다.

# 06

안연顏淵이 인仁에 대해 질문했다. 공자께서 말씀하셨다. "자신을 이기고 다시 예禮로 나아가는 것이 인仁이라고 한다. 하루라도 자신을 이기고 예로 돌아가면 천하가 인으로 돌아간다. 인을 행하는 것은 자기에게서 시작되는 것이지 다른 사람에게서 시작되겠는가?"

顏淵問仁　子曰 "克己復禮爲仁. 一日克己復禮
안 연 문 인　자 왈　　극 기 복 례 위 인　일 일 극 기 복 례

天下歸仁焉. 爲仁由己　而由人乎哉?" <顏淵>
천 하 귀 인 언　위 인 유 기　이 유 인 호 재　　〈안 연〉

---

**자구字句 해석**

안연顏淵(BC 521~BC 490) : 공자의 수제자. 노나라 출신으로 자字는
　　자연子淵이다. 공자가 가장 사랑했던 제자로, 안빈낙도를 즐겼
　　으며 공자의 말씀을 충실하게 이행하여 언행일치의 모범을 보
　　였다. 그러나 젊은 나이에 죽었기 때문에 공자가 매우 슬퍼했다.
극기克己 : 자신을 이긴다.　　복례復禮 : 다시 예로 나아가다.
일일一日 : 하루.　　귀인歸仁 : 인으로 돌아간다.
유由 : 말미암을, 시작할.　　호재乎哉 : 모두 어조사로 의문을 뜻함.

---

안연은 공자가 가장 아끼는 수제자라고 할 수 있다. 공자가 안연을 특별하게 아꼈던 까닭은 여러 가지가 있지만 그가 어려운 가정환경 속에서도 도를 즐기고, 또 몸소 공자의 말씀을 실천하는데 게으르지 않았기 때문이다. 한 번은 애공哀公이 공자에게 물었다. "제자들 중에 누가 학문을 좋아합니까?" 공자가 대답하기를, "안회顔回[안연]라는 사람이 있었는데 학문을 좋아하여 노여움을 옮기지 않으며, 똑같은 잘못을 두 번 다시 저지르지 않았습니다. 그런데 불행히도 명이 짧아 죽었습니다. 이제는 그런 사람이 없어서, 배우기를 좋아하는 사람이 있다는 말을 듣지 못했습니다."

안연顔淵

아무튼 공자의 3천 제자 중에서 수제자였던 안연 역시 공자의 핵심 사상인 인仁에 대해 지대한 관심을 가지고 진지하게 연구하고자 했다. 그래서 그 역시 인에 대해 공자에게 물었다. 이때 공자는 다른 제자와 달리 그에게 "자기를 이기고 예로 나아가다."란 '극기복례克己復禮'를 제시했고, "하루라도 자신을 이기고 예로 돌아가면 천하가 인으로 돌아간다. 인을 행하는 것은 자기에게서 시작되는 것이다."라고 강조했다. 안연이 더 자세한 설명을 원하자 공자는 "예禮가 아니면 보지 말고, 예가 아니면 듣지 말고, 예가 아니면 말하지 말고, 예가 아니면 행동하지 말라!"라고 말했다.

"자기를 이기고 예로 나아가다."란 말은 "자신의 사욕을 없애고 남을 배려하며 사랑하는 격식을 갖춘다."는 의미이다. 그렇다면 인과 예는 일맥상통한다. 인은 남을 사랑하는 것으로 내용에 해당되고, 예는 사랑을 몸소 실천하는 형식이라고 말할 수 있기 때문이다. 《예기禮記》〈유행儒行〉편에도 "예절이란 인仁이 겉으로 드러남이다."라고 하여 이를 뒷받침하고 있다.

공자는 평소 예를 매우 강조하여 아들 리鯉에게도 "예를 배웠느냐?"라고 묻고는 "예를 배우지 않으면 바로 설 수가 없다."고 지도했으며, 《논어》의 마지막 장구에서도 "천명을 알지 못하면 군자가될 수 없다."라고 지적하고 또 "예를 알지 못하면 세상에 설 수가 없느니라."라고 단언하였다.

그렇다면 예란 총체적으로 어떤 의미를 지니고 있는가? 정鄭나라의 대부大夫 정자산鄭子産의 말을 인용하여 《좌전左傳》〈소공昭公 25년〉조에 실린 예에 대한 관념을 살펴보면 이렇다.

"대저 예禮라는 것은 하늘의 벼리요, 땅의 마땅함이요, 사람이행해야 할 바이다. 천지의 핵심적 질서를 사람이 실제로 본받아구현하는 것이 예인 것이다. ……이러한 예의 질서를 흔들어버리면 혼란한 세상이 되고 백성은 그 본성을 잃어버리게 된다. 이 때문에 예를 제정하여 인간의 본성을 받들고자 하는 것이다."

공자는 인仁과 더불어 표리관계를 맺은 예禮를 중시했다. 그래서 《논어》에는 예禮에 관해 언급한 문구가 유독 많다.

"군자가 문文을 널리 배우고 간략하게 예禮로 단속하면, 또한 도에 어긋나지는 않을 것이다."

또 군신 간에도 예를 다해야 한다고 주장하여 "임금은 신하 부리기를 예禮로써 하며, 임금을 섬김에 예를 다해야 한다."고 하였으며, 개개인이 남다른 덕성을 지녔어도 예가 없으면 그 덕성이 무의미하게 끝날 수도 있음을 지적하기도 했다. 즉 "공손하기만 하고 예가 없으면 수고롭기만 하고, 신중하나 예가 없으면 두려워하는 것 같고, 용맹하나 예가 없으면 문란해 보이고, 곧으나 예가 없으면 거만해 보인다."고 하였다.

그리고 부모를 섬기는데 있어서도 시종일관 그 예를 다해야 한다며 "부모가 살아 계실 때에는 예를 다해 섬겨야 하며, 돌아가셨을 때에도 예를 다해 장례를 치러야 하고, 제사를 지낼 때에도 예를 다해야 한다."고 주장하였다.

하지만 허례허식은 경계해야 할 대상임을 강조하기도 했다. 예는 인을 실천하는 필수적인 형식이지만 내용이 빠진 허례적인 형식은 불필요하다고 생각했다. 그렇기에 〈양화陽貨〉편에서 공자는 누구나 "예가 중요하다고 말하지만 예는 예물인 옥과 폐백에 있지 않다."고 경계하기도 하였다. 또 공자는 이렇게 단정했다. "사람이 어질지 않다면 예禮인들 무엇하리오?"

## 07

공자께서 말씀하셨다. "뜻이 있는 선비와 어진 사람은 삶을 구하기 위해 인을 해치는 일이 없고 도리어 자신의 몸을 바쳐 인을 이루는 경우가 있다."

子曰 "志士仁人 無求生以害仁
자 왈　지 사 인 인　무 구 생 이 해 인

有殺身以成仁." <衛靈公>
유 살 신 이 성 인　〈 위 령 공 〉

┌─ 자구字句 해석 ─┐

지사志士 : 높은 뜻을 지닌 선비.　인인仁人 : 어진 사람.
무無 : 없다.　구생求生 : 삶을 구하다.　해인害仁 : 인을 해치다.
살신殺身 : 몸을 죽이다.　성인成仁 : 인을 이루다.

해설

인仁을 구하는 것은 자기로부터의 시작이지 남으로부터 비롯되는 것이 아니다. 때문에 공자께서는 "군자는 식사를 끝내는 동안에도 인자함을 잃지 말아야 할 것이니, 황급할 때에도 의연히 인자해야 하고, 엎어지고 자빠지더라도 역시 그래야 한다."고 하여 자신의 일상생활에서부터 철저한 인의 실천을 강조하고 있다.

일상생활에서 인의 실천은 소극적인 인을 행하는 태도라고 할 수 있다. "인을 행함에 스승에게도 양보하지 않는다, 선비는 위태로움을 보면 생명을 내걸고 이익을 보면 도의를 생각한다, 아침에 도를 들으면 저녁에 죽어도 좋다." 등을 주장하여 인을 적극적으로 실천하는 방법을 제시했다.

역사상 '살신성인殺身成仁'의 사례는 너무 많아 일일이 열거하기 어렵다. 그중 여기에서는 중국의 문천상(1236~1283)과 한국의 안중근(1879~1910) 의사의 예를 살펴보기로 하겠다.

문천상은 중국 남송南宋 말기의 충신으로 자는 송서宋瑞 호는 문산文山이다. 그는 어려서부터 충신이나 영웅 전기를 즐겨 읽었으며 그들을 따라 배워 기개를 떨칠 포부를 가졌다. 1256년 20세 때 문천상은 진사 시험에 수석 합격했다. 이 무렵 원元나라 군대가 대대적으로 남송을 공격해 오자 조정에서는 결사항전과 화의를 하자는 두 주장이 팽팽히 맞섰지만 환관 동송신(?~1260)은 황제에게 퇴각하는 것이 상책이라고 종용했다. 문천상은 이 일로 민심이 동요되는 것을 막기 위해 상주문을 올려 역적 동송신을 죽여야 한다고 주장했다. 그러나 이 일

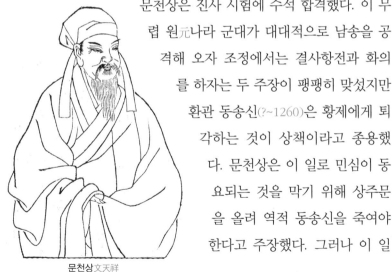

문천상文天祥

로 말미암아 문천상은 관직에서 해임되었다. 뒤에 재기용되었으나 얼마 지나지 않아 권세가 가사도(1213~1275)와의 불화로 공직에서 사퇴하고 만다.

문천상은 원래 풍류 사나이로도 유명한데, 태평한 시절에는 매우 사치한 생활을 했다고 알려졌다. 그러나 1274년 원나라가 대대적으로 침공해 와서 국도 임안에 육박하자 문천상은 가산을 모두 털어 군비로 충당하고 2만 명의 의병을 조직했다. 조정에서 그 소식을 듣고 벼슬을 주고 급히 임안으로 들어와서 사수하라고 했다. 그리하여 임안으로 돌아간 문천상은 원군과 사생결단을 내리고 했지만 조정의 반대로 무산되고 대신 원나라 총사령관 백안(1236~1295)과의 화의를 구하도록 파견되었다.

이때 원나라는 송나라에게 항복하라고 요구했고, 문천상은 단호하게 거절하여 원나라에 구류되고 말았다. 그 후 천신만고 끝에 탈출에 성공한 문천상은 연해 지구에서 다시 의병을 일으켰다. 하지만 몇 년 후에 다시 원나라 군사들에게 잡혀 3년 2개월 동안 옥중에서 보냈다. 원나라 세조 쿠빌라이는 충직한 절개를 지닌 문천상을 바로 죽이지 않고 온갖 회유를 통해 자신의 대신으로 삼으려고 했으나 문천상은 두 조정을 섬길 수 없으니 때가 되면 죽겠다고 하였다. 이때 옥중에서 극심한 고초로 인해 거의 실명한 상태에서 그가 남긴 〈정기가正氣歌〉, 〈절명사絶命辭〉 등의 시문은 후일 세인들을 감동시켰다. 그는 〈절명사〉에서 다음과 같이 자신의 입장을 표명하였다.

"공자께서는 살신성인하라 하시고 맹자는 죽음으로 의를 취하라고 했나니, 오직 충의로움을 다해야만 인에 이르는 소치라고 할 수 있다. 성현의 책을 읽은 내가 배운 것이 무엇이겠는가, 오늘 이후에는 거의 부끄러움을 면하겠노라."

그리고 사형 집행관에게 "나의 일을 마쳤다."라고 나직이 말하고 죽었는데, 그의 의대衣帶 속에는 다음과 같은 시가 적혀 있었다.

지사와 어진 사람은 생을 버리고 의를 취하나니,
한때 재앙을 당했으나 그 빛은 천년에 길이 남으리.

우리나라에는 문천상 같은 열혈 영웅으로 안중근 의사가 있다. 안중근 의사는 1907년 이전에는 교육운동과 국채보상운동 등 계몽운동을 벌였고, 그 뒤 러시아에 들어가 의병활동을 하다가 1909년 초대 조선통감이었던 이토 히로부미[伊藤博文]를 조선 침략의 원흉으로 지목하여 하얼빈 역에서 사살했다. 그 후 뤼순 감옥에서 투옥 중에 《논어》의 글을 인용하여 다음과 같은 글을 남겼다.

"어질지 못한 사람은 어렵거나 궁핍한 생활을 오랫동안 견디지 못한다."

"지사와 어진 사람은 살신성인한다."

"이로움을 보고 의리를 생각하고, 위태로움을 보고 목숨을 버린다."

안중근 의사는 1910년 2월 14일 사형선고를 받고 3월 26일에 사형당했다. 문천상이나 안중근 의사처럼 전란 시에 국가와 백성을 위해서 살신성인한 경우는 숭고하다.

그러나 평상시에서도 살신성인의 정신을 보인 젊은 사람들도 많다. 예컨대 몇 년 전에 일본 지하철 승강장에서 취객을 구하고 목숨을 잃은 이수현 씨의 경우와 거의 매일같이 화재 현장에서 남의 생명을 구하기 위해 뛰어드는 소방공무원, 경찰, 군인 등등 우리 사회는 이런 희생적인 살신성인을 실천하는 사람들에 의해서 유지되는 것이다.

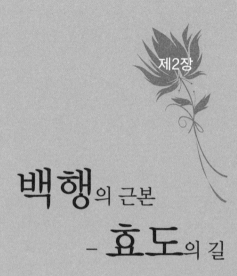

제2장

백행의 근본
- 효도의 길

# 01

맹무백孟武伯이 효孝에 대해 묻자 공자께서 말씀하셨다. "부모는 오직 자식의 질병을 걱정하신다."

孟武伯問孝 子曰 "父母唯其疾之憂." <爲政>
맹 무 백 문 효  자 왈   부 모 유 기 질 지 우   〈 위 정 〉

┌─( 자구字句 해석 )─────────────────────────┐

맹무백孟武伯 : 노魯나라 대부 맹의자孟懿子의 아들.

문효問孝 : 효도에 대해 묻다.    유唯 : 오직.

기질其疾 : 자식의 질병.    우憂 : 근심, 걱정.

└────────────────────────────────────┘

해설

이 구절에 대해 주자는 "자식이 이를 본받아 부모의 마음을 자신의 마음으로 삼는다면 자신의 몸을 지키기 위해 스스로 삼갈 것이니, 어찌 효가 되지 않겠는가. 옛 주석에 '자식은 부모로 하여금 자식이 불의에 빠지는 것을 근심하게 하지 않고, 오직 자식의 질병을 근심하게 하여야 효가 될 수 있다.' 하였으니, 이 역시 통한다."고 설명하였다.

이는 《효경孝經》에 "몸과 터럭과 살은 부모에게 물려받은 것이니 함부로 훼손하지 않고 죽을 때까지 잘 보전하는 것이 효의 시작이다."는 말과 일맥상통한다.

《논어》〈태백泰伯〉편에는 증자가 병이 들어 임종하기 직전에 제자들을 불러 이렇게 말했다고 한다. "이불을 걷고서 내 발을 살펴보고 내 손을 살펴보아라!《시경》에 이르기를 '두려워하고 삼가서 깊은 못에 임한 듯이 하며 얇은 얼음을 밟듯이 하라.' 고 하였는데, 이제야 내가 부모에게 물려받은 몸을 훼상하는 데서 면한 줄을 알겠노라. 제자들아! 잘 새겨두어라."

《예기》〈제의祭義〉에도 증자의 제자인 악정자춘樂正子春이 "부모님이 온전히 낳아주신 몸을 자식도 온전하게 가지고 돌아가야만 효孝라고 말할 수 있다. 그리고 몸을 상하지 않게 하고 몸을 욕되게 하지 않아야만 온전히 효를 다했다고 이를 수 있다."라고 한 말이 나온다.

춘추 시대 진晉나라의 정치가였던 범선자(?~BC 548)는 8세 때 후원에서 채소를 뜯다가 손을 다치고 크게 운 적이 있었다고 한다. 곁에 있던 사람이 "아파서 우느냐?"고 묻자 범선자가 대답하기를, "아파서가 아니라 부모님으로부터 받은 몸과 터럭과 살은 감히 훼손할 수 없기에 웁니다."라고 하였다.

또 조선 후기의 실학자 이덕무(1741~1793)는 〈무인편〉이라는 글에서 "북송의 유학자 소옹(1011~1077)은 일찍이, 큰 추위가 있을 때 나가지 않고, 큰 더위가 있을 때 나가지 않고, 큰 바람이 불 때 나가지 않고, 큰 비가 올 때 나가지 않았으니, 배우는 이는 몸

소옹邵雍

을 공경하는 것[敬身]으로써 으뜸을 삼아야 한다. 이는 자기 몸을 사랑하는 것이 아니라 부모가 물려주신 몸을 사랑하는 일이다. 만일 이 네 가지 나가지 않는 것[四不出]을 범한다면 부모의 걱정을 끼치는 바가 막심하므로 공자가 '부모는 오직 자식이 병에 걸릴까를 걱정한다.'"고 소개하였다.

나와 부모는 각기 다른 개체이기 전에 서로 피와 기氣를 나눈 불가분의 관계이다. 그래서 자기 몸을 부모 몸처럼 소중하게 여기는 것이 효도의 시작이고, 몸을 세워 도道를 행하여 후세에 이름을 날려 부모를 드러내는 것이 효도의 마침이라고 한 것이다.

# 02

자하가 효를 묻자 공자가 말씀하셨다. "얼굴빛을 온화하게 표현하는 것이 어렵다. 일이 생기면 자식이 그 수고를 대신하고, 술과 음식이 있거든 부모님을 먼저 드시게 하는 것만으로 곧 효라고 할 수 있겠는가?"

子夏問孝 子曰 "色難 有事 弟子服其勞
자 하 문 효　자 왈　색 난　유 사　제 자 복 기 노

有酒食 先生饌 曾是以爲孝乎?" <爲政>
유 주 식　선 생 찬　증 시 이 위 효 호　　〈 위 정 〉

---

### 자구字句 해석

자하子夏(BC 507~?) : 공자의 제자로 성이 복卜이고 이름이 상商, 자字가 자하子夏이다. 문학 방면에 뛰어났으며 공자 사후에는 서하西河에서 학생을 가르쳤고, 위나라 문후文侯의 스승이 되었다. 후에 아들이 먼저 죽자 너무 슬피 운 나머지 눈이 멀었다고 한다.

색난色難 : 부모님을 봉양할 때 자기 얼굴 표정을 온화하게 하는 것이 어렵다, 혹은 부모님의 안색을 살펴서 봉양하기가 어렵다.

노勞 : 수고로움.　제자弟子 : 젊은 사람, 후배, 자식.

주식酒食 : 술과 음식.　선생先生 : 어르신, 부모.

> 찬찬撰 : 음식을 차려 드시게 하다.
>
> 증曾 : 곧. 설마 ~하겠는가? 그래 ~란 말인가?

해설

　본문은 자식이 진심으로 부모를 잘 공양하는 방법을 일깨워준 구절이다. '색난色難'은 두 가지 해석이 있는데, 주자는 "어버이를 섬길 때 얼굴빛을 온화하게 하는 것이 어렵다."라고 하였고, 동한 東漢의 경학자經學者인 마융(79~166)은 "부모의 안색을 보고 그 뜻을 살펴 행동하는 것이 어렵다."라고 주장하고 있다. 또한 진정한 효도는 "자식이 부모를 대신하여 일을 하고, 술과 음식을 드리는 것으로 끝나는 것이 아니다."라고 가르침을 주신 것이다. 즉, 진정한 효도는 먼저 진심으로 부모를 공경하고, 또 부모의 뜻을 잘 살펴서 어긋남이 없이 섬겨야 한다는 것을 말씀하신 것이다.

　이는 〈위정〉편에 자유子游가 효도에 대해 묻자 공자께서 말씀하시길 "오늘날의 효도는 단지 부모의 몸을 공양하는 것을 말하는데, 개나 말들에 이르기까지 먹이를 주어 기르고 있지 않은가? 그러니 만약에 부모를 공경하는 마음이 없다면 개나 말을 기르는 것과 무슨

자유子游

차이가 있겠는가?"라고 했던
점을 미뤄서 확인할 수 있다.

자하子夏

　맹자 또한 "먹여주기는 하면
서도 사랑하지 않는다면 이는
돼지로 사귀는 것이고, 사랑은
하되 존경하지 않는다면 이는
개나 말처럼 기르는 것이다."
라고 하였다. 또한 맹자는 "부
모의 뜻을 봉양하는 것을 '양지養志'라 하며, 이것이야말로 진정
한 효도이다."라고 주장했다. 맹자는 그 사례로 증자가 그의 아버
지 증석曾晳을 섬기는 방법을 이렇게 소개하였다.

　"증자가 그의 아버지 증석을 공양할 때에는
반드시 술과 고기를 밥상에 올려드렸고, 밥상
을 물리려고 할 때에는 남긴 음식을 누구에
게 줄 것인가를 물어보았다. 또 음식이 여
유가 있냐고 물으시면 반드시 여유가 있다
고 말씀드렸다. 증석이 세상을 떠나자
그 아들 증원曾元이 증자를 공양
했는데, 반드시 술과 고기를 밥
상에 올렸지만 밥상을 물리려고 할
때에 남긴 음식을 누구에게 줄 것인가

증석曾晳

를 물어보지 않았고, 음식이 여유가 있냐고 물으면 여유가 없다고 말씀드렸다. 이는 증원이 단순히 아버지 증자의 입과 몸을 공양할 뿐이었다고 말할 수 있다. 하지만 증자는 진심으로 증석을 봉양養志했다고 할 수 있다. 어버이를 섬길 때는 증자와 같이 해야 옳은 것이다."

옛 사람들은 대개 어르신에게 먼저 따로 밥상을 차려드리는데, 그 주된 이유는 어르신들이 치아가 약하기 때문에 어린 자손들과 음식을 같은 속도로 먹을 수가 없고, 또한 같이 맛난 음식을 먹다가 보면 어린 자손들이 마음에 걸려서 음식을 양보해 주기 때문이다. 그리고 어르신이 남긴 음식은 대개가 어린 자손들이 마음에 걸려서 남기는 것이기 때문에 증자가 증석이 남긴 음식을 누구에게 줄 것인지를 물어본 것이고 또 음식이 여유가 있는지를 물어본 것은 본인 말고 다른 식구들도 여유롭게 먹을 수 있는지가 궁금해서 물어본 것이다. 그래서 증자는 진심으로 증석을 공양했고, 증원은 단지 음식으로 증자를 공양했다고 주장한 것이다.

조선 중기의 문신이자 학자인 최립(1539~1612)은 〈이웃에서 벗으로 지내던 종실宗室 은양수恩陽守에 대한 만사〉에서 다음과 같이 자신의 뜻을 읊고 있다.

"……늙은 이 몸은 오직 아들 하나 있나니, 봉양을 하느라고 먼 길 자주도 오고 간다네. 새삼 느끼는 건 백 가지 맛있는 음식보다 한 번의 온화한 얼굴을 보는 것이 그래도 낫다네."

# 03

공자께서 말씀하셨다. "부모의 나이는 알지 않을 수 없다. 한편으로는 기쁘고 한편으로는 두렵다."

子曰 "父母之年 不可不知也
자 왈   부 모 지 년   불 가 부 지 야

一則以喜 一則以懼." <里仁>
일 즉 이 희   일 즉 이 구   〈 이 인 〉

---

**자구字句 해석**

년年 : 해, 나이.　　지知 : 알다, 기억하다, 잊지 않는다.

일즉一則 : 한편으로.　　희喜 : 기쁘다.　　구懼 : 두렵다.

---

해설

이 구절에 대해 주자는 "항상 부모의 연세를 기억하여 알고 있으면 이미 장수하신 것이 기쁘면서도, 또 노쇠하신 것이 두려워서 날짜를 아끼는 정성에 저절로 그만둘 수 없게 된다."라고 설명하였다.

이는 한나라 학자 양웅(BC 53~AD

양웅楊雄

18)의 《법언法言》〈효지孝至〉편에 나오는 "이 세상에서 오래 가질 수 없는 것은 어버이를 모실 수 있는 시간이다. 따라서 효자는 어버이를 봉양할 수 있는 동안 하루하루를 아낀다."라고 한 말을 참고한 것이다.

《한시외전韓詩外傳》에도 "나무는 가만히 있고자 하나 바람이 멈추지 아니하고, 자식은 부모님을 봉양하고자 하나 부모님께서 기다려주시지 않는다. 지나가면 쫓아가서 붙잡을 수 없는 것이 세월이고, 떠나가시면 다시 볼 수 없는 것이 부모로다."는 말이 있다. 즉 살아생전에 부모에게 날을 아껴 효도해야지 돌아가시면 효도하고 싶어도 이미 때가 늦었다는 것을 새삼 일깨워주는 말이다.

공자의 제자인 자로는 부모에게 효성이 지극했다. 《공자가어孔子家語》〈치사致思〉편에는 자로 스스로 말하길 "내가 옛날에 어버이를 모시고 있을 때 집이 가난했기 때문에, 나는 되는 대로 거친 음식을 먹는다 하더라도 어버이를 위해서는 백리 밖에서 쌀을 등에 지고 오곤 하였다. 그러나 어버이가 돌아가시고 나서 내가 높은 벼슬을 하여 솥을 늘어놓고 진수성찬을 맛보는 신분이 되었는데, 다시 거친 음식을 먹으면서 어버이를 위해 쌀을 지고 오던 그때의 행복을 이제는 느낄 수 없게 되었다."고 술회하고 있다. 부모가 생존해 계신다면 지금 이 순간부터 날을 아끼는 마음으로 부모를 모셔야 한다.

고려 시대 학자인 이곡(1298~1351)은 〈신사년(1341) 설날에 감회에 젖어〉란 시에서 하염없이 흘러가는 무정한 세월 속에서 날을 아끼는 효자의 마음을 다음과 같이 읊고 있다.

노모를 섬기기 위해 귀가한 뒤로 맞이하는 네 번째 봄,
금년 설날에는 남몰래 가슴이 더 아파온다네.
거울 속 노모의 백발이 늘어났을 뿐 아니라,
맛난 음식 대신 쓴 약물만 자꾸 올려야 했으니까.
올해 어버이의 연세가 73세라서,
한편으로 기쁘고도 두려워서 천지신명께 묻는다.
다만 내 소원은 어버이께서 100세까지 장수의 복을 누리시며,
어버이를 봉양할 수 있는 일만 계속해서 생겼으면 좋겠다네.
올봄에 임기가 끝나 원나라로 돌아갈 처지라,
늙으신 어버이 생각에 마음이 서글퍼지네.
백 년 동안 즐거운 마음으로 봉양할 수만 있다면,
천 리 길 자주 왕래한들 무슨 상관있으리.
아이들 너도나도 설날을 맞아 기뻐하며,
폭죽과 부적으로 나쁜 귀신들 쫓아낸다네.
우스워라! 나도 옛날엔 너희들과 같았는데,
지금은 자꾸 나이만 먹는 게 겁이 난단다.

# 04

자식은 아버지가 생존했을 때는 아버지의 뜻을 보고, 아버지가 돌아가신 뒤에는 아버지의 행실을 보나니, 3년 동안 아버지의 도를 바꾸지 않아야만 효라 할 수 있는 것이다.

父在觀其志　父沒觀其行
부 재 관 기 지　부 몰 관 기 행

三年無改於父之道　可謂孝矣. 〈學而〉
삼 년 무 개 어 부 지 도　가 위 효 의　〈 학 이 〉

---

**자구字句 해석**

부父 : 아버지.　재在 : 있다, 즉 생존하고 계실 때.　관觀 : 보다.

기지其志 : 그 뜻.　몰沒 : 없다, 돌아가신 뒤.

삼년三年 : 3년 동안. 꼭 3년 동안만을 지칭하는 것이 아니라 오랫동안의 뜻도 내포함.

무개無改 : 고치지 않는다.　부지도父之道 : 아버지의 도.

가위可謂 : ~라고 이른다.

---

해 설

《소학小學》의 〈명륜明倫〉편에는 위 구절을 거론하면서 "부모가 비록 돌아가셨으나 장차 선한 일을 행할 때에는 부모에게 아름다운 명예를 끼침을 생각하여 반드시 결행할 것이요, 장차 선하지 않은 일을 행할 때에는 부모에게 부끄러운 욕을 끼침을 생각하여 반드시 결행하지 말아야 한다."고 부연 설명하였다.

북송의 유학자 윤돈(1071~1142)은 "만일 아버지가 하신 일이 도리에 합당한 것이라면 종신토록 고치지 않더라도 좋겠지만, 만일 도리에 합당한 것이 아니라면 어찌 3년을 기다리겠는가? 그렇다면 3년 동안 고치지 말라는 것은 효자의 마음에 차마 못 하는 바가 있기 때문이다."라고 하였고, 유초(1053~1123)는 "3년 동안 고치지 말라는 것은 또한 마땅히 고쳐야 할 입장에 있으나 아직 고치지 않아도 되는 것을 말했을 뿐이다."라고 해석하였다.

그러한 본 구절의 큰 의미를 《중용中庸》에서는 "돌아가신 분 섬기기를 살아 계신 분 섬기듯이 한다."라고 할 수 있다.

중국 최초의 왕조인 하夏나라를 건국한 우禹임금의 가장 큰 업적 중의 하나는 바로 홍수를 다스리는 치수治水 사업이었다. 그러나 우임금이 치수 사업을 하게 된 동기는 바로 아버지 곤이 먼저 치수 사업을 했다가 실패했기 때문이었다. 요임금 때 우임금의 아버지 곤은 9년 동안 홍수를 다스리려고 제방을 쌓아서 방비했다가 제방이 터져 실패하고 우산

우禹임금

羽山으로 유배를 가서 죽었다. 그러자 그 아들인 우가 아버지의 유업을 이어받게 되었다. 그는 아버지가 제방을 쌓아서 홍수를 대비했다가 제방이 터져 실패했던 것을 교훈 삼아 제방을 쌓지 않고 자연스럽게 물길을 트는 방법으로 치수 사업을 하였는데, 13년 동안 3번이나 자신의 집 앞을 지나면서도 한 번도 집에 들른 적이 없었다고 한다.

너무 일에 열중한 나머지 아이도 기르지 않고, 가정도 돌보지 못하고, 손발의 살갗이 상하고, 몸은 반신불수가 될 정도였다고 전한다. 그래서 "한 치의 짧은 시간을 다투어 아껴야 한다."는 '촌음시경寸陰是競'이란 성어를 만들 정도로 열중하여 마침내 중국 9주州의 물길을 다스리는 치수 사업을 성공시키고 그 공으로 임금이 되었다. 만일 우임금이 아버지 곤의 실패를 원망하고 그의 유업을 계승하지 않았다면 오늘날의 역사에 하夏나라도, 우임금도 존재하지 못했을 것이다.

또 중국 최초의 기전체 역사서인 《사기史記》를 쓴 사마천司馬遷(BC 145~BC 90)과 그 아버지 사마담司馬談의 이야기도 있다. 사마담은 서한西漢 시대 황실의 전적을 관장하며 역사를 기술하는 사관인 태사太史의 직위에 있었다. 한무제漢武帝 때 황실의 봉선封禪(임금이 흙으로 단을 모아 하늘에 제사 지내고, 땅을 깨끗이 쓸어 산천에 제사 지내던 일) 의식을 거행하였는데, 당시 사마담은 마침 주남周南이란 곳에 있었기 때문에 참여할 수가 없었다. 사관으로서 역사

사마천司馬遷

적인 봉선 의식에 참여하지 못한 사마담은 화가 치밀어 번민하던 끝에 병에 걸려 죽었다. 죽기 전에 아들 사마천에게 자신이 모은 각종 역사 서적을 물려주며 고대부터 당시까지의 역사서를 완성해 달라고 유언을 남겼다.

그 후 사마천은 중국 각지를 3년 동안 유랑하며 식견을 넓혔고, 아버지가 남긴 역사서를 바탕으로 사기를 완성시켰다. 하지만 그 와중에 큰 시련을 극복해야만 했다. 사마천은 한나라의 명장이었던 이릉(?~BC 74) 장군을 변호하다가 그만 사형선고를 받고 옥중에서 죽을 처지에 놓여 있었다. 그때에 죄를 사면 받을 방법은 황금 3만 8천 근을 속죄금으로 배상하거나, 혹은 궁형宮刑(거세)을 받는 길뿐이었다. 이때 사마천은 속죄금을 배상할 능력이 없었고 치욕적인 궁형을 받을 바에는 차라리 죽고 싶었지만, 아버지의 유언을 떠올리며 궁형을 받고서 각고의 노력 끝에 마침내 《사기》를 완성시켰다.

이처럼 역사적인 인물들의 배후에는 바로 아버지와 자손이 일심동체가 되어 이룩한 업적이 많다. 고대 중국에 나이가 90에 가까운 우공愚公이란 노인이 자신이 거주하는 곳에 왕래를 불편하게 하는 거대한 두 산을 옮기려고 하니 사람들이 모두 비웃었으나 우공은 "내가 못 하면 대대손손 나의 후손들이 노력하면 산을 옮길 수 있다."라고 했던 '우공이산愚公移山'이라는 고사성어 또한 그런 대표적인 사례라고 할 수 있다.

## 05

공자께서 말씀하셨다. "어버이가 계시거든 멀리 나가 노닐지 말라, 노닐더라도 반드시 일정한 소재가 있어야 한다."

子曰 "父母在 不遠遊 遊必有方." <里仁>
자 왈　부모재　불원유　유필유방　〈이인〉

---

**자구字句 해석**

재在: 있다.　　원유遠遊: 멀리 가서 놀다.

필必: 반드시.　유방有方: 일정한 방향, 소재, 처소.

---

해 설

이 말은 외출하는 자식은 집에서 기다리는 어버이에게 걱정을 끼치면 안 된다는 말이다. 《예기》에는 "사람의 자식이 된 자는 나갈 때는 반드시 어디로 간다고 아뢰고, 돌아와서는 반드시 얼굴을 보여드린다. 놀러갈 때는 반드시 가서 있는 곳을 정해 놓고 알려드려야 한다."고 하였다.

북송의 사학자인 범조우(1041~1098)는 "자식이 능히 부모의 마음을 자신의 마음으로 삼는다면 효자라고 할 것이다."라고 하였다. 당나라 시인 맹교(751~814)의 〈유자음游子吟〉에 길 떠나는 자식을 향한 어머니의 마음을 이렇게 읊었다.

맹교孟郊

"어머니가 바느질하는 옷은 바로 길 떠나는 아들 옷을 지어 입히려 하심이라. 떠날 때 임시로 촘촘히 꿰매신 것은 더디게 돌아올까 염려해서라오. 한 치 풀의 마음을 가지고서 봄날의 햇볕 같은 어머니의 사랑을 보답하기 어려워라."

또 전국 시대 제齊나라 왕손가가 15세에 민왕閔王을 섬겼는데, 그 어머니가 "네가 아침에 나가서 저녁에 돌아올 때면 내가 집 문에 기대어 너를 기다렸고, 네가 저녁에 나가서 돌아오지 않을 때면 내가 마을 문에 기대어 너를 기다렸다."라고 하여 자식의 안부를 걱정하는 어버이의 간절한 심정을 토로했다.

조선 전기의 문신인 어변갑(1381~1435)은 1408년 장원급제하고 신장(1382~1433)과 친한 벗이 되어 서로 약속하기를, "우리는 임금을 섬기되 충성을 다하고, 진실로 명성을 얻게 되거든 모름지기 집에 돌아가 늙은 어버이를 봉양하자."라고 했다. 뒤에 집현전의 직제학이 되었는데 매번 탄식하여 하는 말이 "임금 섬기는 날짜가 길어질수록 어버이 섬기는 날짜가 짧아진다."고 한탄했다. 얼마 후, 어변갑은 짐짓 병이 있다며 사직하고 늙은 어머니 봉양을 위하여 고향으로 돌아갔는데, 그때의 심정을 이렇게 읊었다.

"병으로 사직하고 돌아오니 방 한구석이 고요하고, 풀과 나무는 옛 연못가에 황량하다네. 내 어찌 부귀공명을 피하겠냐마는, 다만 어버이를 위하여 멀리 놀지를 못하겠노라!"

뒤에 어변갑의 벗인 신장은 공조좌참판으로 진급하였는데 그때 어변갑의 아들 효첨에게 이르기를, "나는 너의 어른과 고향에 돌아가 어버이를 모시고 수양할 것을 약속했었다. 그런데 너의 어른은 마음을 결정하여 돌아갔는데 나는 약속을 저버려서 대단히 부끄럽다."라고 하였다.

대제학을 지낸 권제(1387~1445)가 사람들에게 말하기를, "우리나라에서 작록을 사양한 사람은 판윤 허주와 어변갑뿐이다."라고 하였다. 어변갑은 고향으로 돌아가서 부모를 모시고 조석을 잘 봉양하여 날로 부모의 마음을 즐겁게 하는 것을 일로 삼았다. 조정에서는 그의 행동과 의리를 아껴서 김해부사를 제수했으나 응하지 않았고 또한 사간으로서 불렀으나 끝내 취임하지 않고 세상을 마쳤다.

조선 초기의 문신인 서거정(1420~1488)도 사신의 일행으로 중국에 갈 때에 〈의주에 머무르다〉란 시에서 어버이를 돌보지 못하고 먼 길을 떠나는 자식의 심정을 이렇게 읊었다.

예전엔 압록강이 있음을 들었는데

지금은 몸소 망화루望華樓를 올라왔네.
대지는 중국과 가까이 연접했고
큰 번진은 요해처를 눌러 있다네.
양관陽關의 산은 떠나는 나그네를 보내고
너른 들판의 달빛엔 시름이 뻗쳐 있다네.
백발의 어버이가 아직 계신지라
공명 위해 멀리 노닐기 부끄럽다네.

# 06

맹의자孟懿子가 효도에 대해서 물으니 공자께서 말씀하셨다. "도
리에 어긋남이 없어야 한다."

孟懿子問孝　子曰 "無違." 〈爲政〉
맹 의 자 문 효　자 왈　　무 위　　〈 위 정 〉

**자구字句 해석**

맹의자孟懿子(?~BC 481) : 노魯나라의 대부. 중손씨仲孫氏이고 이름
　　　　　　　　은 하기何忌이다.
문효問孝 : 효를 묻다.　　무위無違 : 어긋남이 없어야 한다.

해 설

　맹의자는 노나라 실권자 중 하나인 맹희자의 아들이다. 《사기》
〈공자세가〉에는 공자의 나이 17세에 맹희자를 만났는데, 그가 병
이 들어 임종 직전이었다고 기술되어 있다. 이때 맹희자가 자신의
후계자인 맹의자에게 훈계하면서 말하길 "공자는 성인聖人의 후
손인데, ……내가 듣기로 성인의 후손은 지금은 비록 국왕의 지위
에 오르지는 못해도 반드시 재덕才德에 통달한 자가 있다. 지금 공
자는 나이는 어리나 예를 좋아하니 그가 바로 통달한 자가 아니겠
느냐? 내가 죽거든 너는 반드시 그를 스승으로 모시거라."라고 하

였다. 맹희자가 죽자 맹의자는 동생 남궁경숙과 더불어 공자를 찾아가 예를 배웠다고 한다.

맹의자는 물론이고 그의 자식인 맹무백도 공자에게 가르침을 받았는데, 모두 자신의 가문과 조상에 대한 자긍심이 높았기 때문에 효도에 대해 관심이 많았다. 그래서 맹의자는 공자에게 효도에 대한 가르침을 청했는데, 뜻밖에 "어긋남이 없어야 한다."라고 짧게 대답하셨다. 이에 대해 주자는 "공자께서 맹의자가 이해하지 못하여 더 이상 묻지 못하였으니, 그 본뜻을 잃고 부모의 명령을 따른 것을 효로 여길까 염려하셨기 때문이다."라고 설명하였다.

호인(1098~1156)은 "사람이 어버이에게 효도하고 싶은 마음은 비록 끝이 없으나 신분에 따른 분수는 한계가 있으니, 신분상 할 수 있는데도 하지 않는 것과 할 수 없는데도 하는 것은 똑같이 불효이다. 이른바 '예로써 한다.'는 할 수 있는 것을 할 뿐이다."라고 해석하였다. 이는 당시 맹의자의 가문인 맹손과 계손, 숙손을 비롯한 이른바 '삼환三桓'이 당시 노나라의 권력을 장악하고 예법을 무시하고 멋대로 행동했기 때문에 이를 우회적으로 경계하신 것이다.

또 마침 공자의 수레를 몰았던 제자 번지에게 맹의자가 효도에 대해 물어서 "어긋남이 없어야 한다."라고 답변했다고 하자 번지는 "무슨 뜻입니까?"라고 되물었다. 공자께서는 "살아 계실 때에는 예로 섬기고, 돌아가셨을 때에는 예로 장사 지내고, 예로 제사를 지내는 것이다."라고 설명하셨다. 이는 맹의자가 그 뜻을 알지 못할 것을 염려하여 그 나머지의 뜻을 번지에게 다시 말하여 맹의자와 다른 제자로 하여금 그 뜻을 알게 하셨던 것 같다.

조선 22대 왕인 정조(1752~1800)는 〈돈효록서敦孝錄序〉에서 이렇게 말했다.

"언젠가 누가 내게 묻기를 '성인이 효에 관해 말씀하신 것 중에서 어느 말씀이 가장 절실하다고 생각하느냐'고 하기에, 내가 대답하기를 '그야 다 절실한 말씀들이지만 그중에서도 위아래 현명한 자나 어리석은 자를 통틀어서 한 마디로 일생을 두고 행해도 될 만한 말씀으로는 어긋남이 없어야 한다[無違]가 아닐까 싶다.' 제자 번지가 그 '어긋남이 없어야 한다.'는 뜻을 이해하지 못하자, 공자께서 말씀하시기를 '살아 계실 때 예로 섬기고, 돌아가시면 장례를 예에 따라 모시고, 제사도 예에 따라 모시는 것이다.'라고 하였는데, 대체로 사람의 감정에 지나치거나 미치지 못할 때가 있으므로 그 절제를 예로 한다는 것이다. 자하는 초상을 마치고 공자를 뵈었을 때 거문고를 주자 곡조를 맞추려 해도 곡이 되지 않고, 거문고를 타도 소리가 제대로 되지 않았다. 그는 자리에서 일어나 말하기를 '슬픔이 아직 잊히지 않았으나 선왕이 만들어 놓은 예를 감히 넘어설 수는 없는 일이지요.' 하였고, 자장은 초상을 마치고 공자를 뵈었을 때 거문고를 주자 곡조를 맞추면 맞고, 거문고를 타도 소리가 제대로 났는데, 자리에서 일어나 말하기를 '선

왕이 만드신 예이기에 감히 그대로 따르지 않을 수 없었습니다.'
라고 하자, 공자께서 다 군자君子라고 했다. 이것은 상제喪制만 그
러한 것이 아니라 살아 섬기는 일, 죽어 장례 모시는 일도 다 마찬
가지인 것이다. 할 수 있는 것을 하지 않는 것도 예가 아니고, 해
서는 안 될 것을 하는 것도 예가 아니다. 따라서 예가 아니면 그것
은 효도도 아닌 것이다. 그렇다면 위아래 현명한 자나 어리석은
자를 통틀어서 한 마디로 일생 동안 행할 수 있는 말이 '어기지 말
라.' 는 것보다 더 절실한 말이 어디 있겠는가."

# 07

공자께서 말씀하셨다. "부모를 섬기는데 있어 부모에게 허물이 있으면 즐거운 안색으로 부드럽게 간諫해야 한다. 부모가 내 말을 따라주지 않아도 더욱 공경하고 거스르지 말아야 한다. 수고로워도 원망하지 않는다."

子曰 "事父母幾諫 見志不從
자 왈    사 부 모 기 간    견 지 부 종

又敬不違 勞而不怨." <里仁>
우 경 불 위    노 이 불 원    〈 이 인 〉

┌─ 자구字句 해석 ─┐
기간幾諫 : 부드럽게 간諫한다.

견지부종見志不從 : 부모가 간하는 말을 따르지 않는다.

불위不違 : 부모의 뜻을 어기지 않는다.

노勞 : 어버이를 위하여 수고하다.    불원不怨 : 원망하지 않는다.

해설

본문은 《예기》〈내칙內則〉의 내용을 참고하면 그 의미가 더욱 명확해진다. "부드럽게 간한다."는 것은 〈내칙〉에서 "부모의 허물이 있거든 기를 내리고 얼굴빛은 온화하게 하고 음성을 부드럽게 하여 간한다."는 것으로 설명하고 있다.

"부모가 내 말을 따라주지 않아도 더욱 공경하고 거스르지 말아야 한다."는 것에 대해 주자는 "간하여도 받아들여주지 않을 경우에는 다시금 더한층 공경하고 더한층 효도하여 부모가 기뻐하면 다시 간한다."는 뜻이라 하였다.

"수고로워도 원망하지 않는다."는 〈내칙〉에서 "부모가 향鄕·당黨·주州·려閭에서 죄를 얻게 하기보다는 차라리 익숙히 간해야 하니, 부모가 노하여 기뻐하지 않아서 종아리를 쳐 피가 흐르더라도 부모를 미워하고 원망하지 말 것이요, 더욱 공경하고 더욱 효도하라."는 뜻이다.

향鄕·당黨·주州·려閭에 대해서는 《주례周禮》에 의하면, "25가家가 여閭가 되고, 4여閭가 족族이 되고, 5족族이 당黨이 되고, 5당黨이 주州가 되고, 5주州가 향鄕이 된다."고 하였다.

소疏에 이르기를 "얼굴빛을 범하면서 간하여 부모로 하여금 기뻐하지 않게 하는 것은 그 죄가 가볍고, 부모를 두려워하여 간하지 않아 부모로 하여금 향당鄕黨과 주려州閭에서 죄를 얻게 하는 것은 그 죄가 무겁다. 이 두 가지 사이에서는 차라리 매우 익숙해지도록 은근하게 간하여 마치 사물이 푹 익는 것처럼 해야만 되지, 부모로 하여금 죄를 얻게 해서는 안 된다."고 설명하였다.

또 《예기》〈곡기曲記〉에는 "자식이 부모를 섬기면서 3번 간해도 듣지 않으면 울면서 따른다."와 《맹자》〈만장萬章〉에 "부모가 사

민자건閔子騫

랑해 주시면 기뻐하여 잊지 않고, 부모가 미워하면 더욱 노력하며 원망하지 않는다."라는 구절 역시 위 문장들과 일맥상통한다.

위와 같은 구절에 부합하는 인물이 공자의 제자 중에 여럿이 있었는데, 그중에 하나가 바로 민자건(BC 536~BC 487)이라는 사람이다. 그는 일찍이 어머니가 돌아가셨는데, 그의 아버지가 재혼하여 두 아들을 낳았다. 그런데 새어머니는 자신이 낳은 아들만 사랑하고 민자건에게는 관심을 두지 않고 홀대하였다.

어느 해 겨울에 새어머니가 자신이 낳은 아들들에게는 두툼한 솜옷을 입히고, 민자건에게는 갈대꽃을 따서 옷에 넣어 입힐 정도로 심술을 부렸다. 하지만 민자건은 추위에 떨면서도 불평불만하지 않고 아버지에게도 말하지 않았다.

그러던 어느 추운 날에 아버지가 외출하게 되었는데 마침 말을 모는 말몰이꾼이 없어 민자건이 대신 수레를 몰게 되었다. 추운 날씨에 솜 대신 갈대꽃을 넣은 옷을 입고 있는 민자건은 거센 바람을 참아가면서 수레를 몰았지만 손이 곱아서 그만 말고삐를 놓치고 말았다. 이때 아버지는 민자건의 옷을 만져보게 되었는데 그 옷은 솜이 아니라 갈대꽃이 들어 있다는 것을 비로소 알게 되었다. 이에 분개한 아버지는 새어머니를 내쫓으려고 결심했다. 그러자 민자건은 아버지 앞에 무릎을 꿇고 말했다. "새어머니가 계시면 자식 하나만 춥게 지내지만 새어머니가 가시면 세 자식이 모두 외롭게 됩니다."

아버지는 민자건의 깊은 뜻을 알고 마음속으로 깊이 감동하여 새어머니를 내쫓지 않았다. 민자건의 새어머니 역시 그 후로부터 마음을 고쳐먹고 세 아이를 공평하게 돌보는 등 자애로운 어머니가 되었다고 한다.

이런 민자건의 효행을 전해들은 공자는 "효성스러워라 민자건이여! 남들이 그의 부모나 형제의 칭찬하는 말에 이의를 제기할 수가 없구나!"라고 칭찬하였다고 한다.

# 08

자식이 태어나서 3년이 지나야만 부모의 품을 벗어나게 되니, 3년 상은 온 천하의 공통되는 상례喪禮이다.

子生三年然後免於父母之懷
자 생 삼 년 연 후 면 어 부 모 지 회

夫三年之喪 天下之通喪也. <陽貨>
부 삼 년 지 상   천 하 지 통 상 야 〈 양 화 〉

**자구字句 해석**

자생子生 : 자식이 태어나다.   연후然後 : 그런 뒤에.
면免 : 면하다, 벗어나다.   회懷 : 품, 품안.   부夫 : 장부, 대저.
상喪 : 죽다, 상례.   통상 通喪 : 공통되는 상례.

해설

어느 날 공자의 제자 재아가 공자에게 이렇게 여쭈었다. "3년 상의 기간이 너무 깁니다. 군자가 3년 동안 예를 행하지 아니하면 예가 반드시 무너지고, 3년 동안 음악을 연주하지 아니하면 음악도 반드시 황폐하게 될 것입니다. 묵은 곡식이 동나고 햇곡식이 이미 익었으며, 불붙이는 나무를 한 차례 바꾸어 사용하였으니 1년에 상喪을 끝낼 만합니다."

재아(재여宰 予)

이에 공자께서 말씀하셨다. "쌀밥을 먹으며 비단옷을 입는 것이 네 마음에 편하겠느냐?" "편합니다." "네가 편하다면 그렇게 해라! 대체로 군자가 상喪을 입을 때에 맛있는 음식을 먹어도 달지 않고, 음악을 들어도 즐겁지 않으며, 거처함에 편안하지 않기 때문에 하지 않는 것이다. 이제 네가 편하다면 그렇게 하거라!"

재아가 나가자 공자께서 말씀하셨다. "재아는 어질지 못하다네! 자식은 태어난 지 3년이 된 뒤라야 부모의 품에서 벗어난다. 3년 상은 천하의 공통적인 상례喪禮이다. 재아도 자기 부모로부터 3년 동안 사랑을 받지 않았던가?"

《예기》〈삼년문三年問〉에는 자식이 3년 상을 지내는 이유에 대해서 이렇게 설명하고 있다.

"큰 새나 짐승은 그 무리와 짝이 없어지거나 죽게 되면 달을 넘기고 그 때를 넘었을 적에는 반드시 돌아와서 맴돌며, 그 고향을 지날 때는 날개를 돌이키고 울부짖으며, 발을 구르고 주춤거리다가, 가다가는 다시 돌아오고 맴돌다가 비로소 떠나간다. 작은 자는 제비나 참새에 이르기까지도 오히려 잠시 동안이라도 지저귀며 울고 슬퍼한 뒤에라야 그곳을 떠나간다. ……인정이 있는 사람은 그 부모가 죽을 때까지 슬퍼함을 그치지 않는다. 그러나 간사하고 음란한 사람들은 부모가 아침에 죽어도 저녁이면 잊어버린다. 이는 새나 짐승만도 못한 것이다. ……3년 상은 25개월이면 끝난다. 이 기간은 마치 재빠른 4마리의 말이 끄는 수레를 타고 좁은 틈새를 지나는 것과 마찬가지로 짧은 기간이다. ……이 기간에 삼베옷을 걸치고, 대나무 지팡이를 짚고, 초막에 거처하면서 죽을 먹고, 거적자리 위에서 자면서 흙덩이를 베개 삼는 것은 부모가 세상을 떠난 애통한 마음을 몸으로써 표시하는 것이다. 3년이란 기간을 정한 것은 애통한 마음과 사모하는 마음을 잊어버리려는 것이 아니라 죽은 이를 보내고 끝남이 있어야 하고, 다시 생업으로 돌아오는데 절도가 있어야 하기 때문이다."

조선 후기의 문인인 조익(1579~1655)은 〈이개백李介白에 대한 제문〉에서 효자의 행실을 다음과 같이 칭송하였다.

"아! 사람이 태어날 적에 누가 부모가 없을 것이며, 낳고 길러준 그 은혜에 두텁고 얇은 차이가 있으랴만, 어버이의 사랑은 똑같은데 반해 효성스러운 자식은 드물기만 해라. ……아 우리 선생[이개백]은 지극한 성품이 출중해서 부모에 대한 깊은 효성이 어릴 때부터 드러났나니. 항상 온화한 얼굴로 부모의 봉양을 극진히 하며 있는 힘을 모두 바쳤어라. 병환이 들었을 땐 근심을 다하고, 상을 당했을 땐 슬픔을 다하여, 대변 맛을 보고 손가락 피를 흘려 넣었으며, 여묘살이(부모의 묘소 근처에 여막을 짓고 살면서 묘소를 지키는 일)를 하면서 죽을 마셨나니, 정성과 예법이 모두 지극하여 시종 부족한 점이 없었으므로 향당鄕黨에서나 종족宗族 사이에서 칭찬하는 말들이 한결같았어라. ……효孝는 백행百行의 근원이라는 이 말이 어찌 거짓말이리오!"

현대사회에서 부모가 돌아가셨을 때 3년 상을 치르는 것은 찾아보기 어렵다. 또한 재아가 주장했던 기년상期年喪(1년상)도 지내기가 어려운 것이 현실이다. 하지만 과거 조상들이 부모가 어린 자식을 품 안에서 3년 동안 애지중지 키운 노고를 생각해서 만든 3년 상의 정신과 의의를 결코 잊어서는 안 될 것이다. 지금도 많은 사람들이 때마다 성묘하고, 제사를 올리는 까닭은 떠난 조상을 추모하고, 남은 가족의 화합을 위한 것임을 명심하도록 하자.

## 09

증자께서 말씀하셨다. "어버이 상을 당했을 때 신중히 행하고 먼 조상들을 정성껏 제사 지내면 백성들의 덕성이 한결 돈후해질 것이다."

曾子曰 "愼終追遠 民德歸厚矣." <學而>
증 자 왈    신 종 추 원   민 덕 귀 후 의   〈 학 이 〉

**자구字句 해석**

신愼: 삼가다, 신중하다.    종終: 부모가 돌아가심, 상을 당함.

추追: 추도하다, 제사 지내다.    원遠: 먼 옛날에 돌아가신 조상.

민덕民德: 백성의 덕.

귀후歸厚: 덕이 또한 후한 데로 돌아감, 돈후해지다.

해설

이 구절에 대해 주자는 "초상은 사람이 소홀하기 쉬운데 능히 정성껏 치르고, 이미 먼저 돌아가신 조상은 사람들이 잊기 쉬운데, 능히 이를 추모한다면 후한 도道이다. 그러므로 윗사람이 이것을 솔선수범하면 자신의 덕이 후해지는 것은 물론이고 백성들이 교화되어 그들의 덕 또한 후한 데로 돌아가게 된다."라고 설명하였다.

순자荀子

《순자荀子》의 〈예론禮論〉에는 "예禮란 사람이 처음 태어날 때와 죽을 때에 다스리는 일을 보다 엄숙하게 한다. 태어난다는 것은 인생의 처음이요, 죽는다는 것은 인생의 마지막이다. 인생의 처음과 마지막을 하나같이 잘 다스리면 그것으로 인간의 도리는 끝나는 것이다.

그러므로 군자는 그 처음을 소중히 여김과 동시에 그 마지막을 신중하게 하여, 처음과 마지막이 하나인 양 조금도 변함이 없도록 한다. 이것이 곧 군자로서의 도리요, 예의의 수식이다. 살아 있는 동안은 후하게 대접하다가 죽었다고 하여 대접을 소홀하게 한다면, 이것은 지각이 있다고 하여 두려워하고, 지각이 없어졌다고 하여 되는 대로 물건 다루듯 하는 것이니, 이는 분명 간악한 인간이 취하는 길이요 인간의 도리를 배반하는 마음이 있어서 그러한 것이다.

군자는 자기에게 혹 조금이라도 인도를 배반하는 바가 있다고 하면 그것을 부끄러이 여겨 신분이 가장 낮은 종들과 사귀기조차 부끄럽게 여기는데, 하물며 하늘같이 우러러보고 친애하는 임금과 부모를 섬기는 데야 부끄러운 마음 말할 나위가 있겠는가!

죽음의 길이란 외길이어서 한 번 가면 다시는 돌아오지 못하는 것이니, 죽음에 봉사할 기회도 단 한 번뿐인 것이다. 신하로서 자기 임금에게 존중하는 마음을 다할 수 있는 길도, 자식으로서 자기 부모에게 존중하는 마음을 다할 수 있는 길도 여기 이 죽음으로써 마지막이 되는 것이다.

　그러므로 살아 계신 동안 섬기기를 성실을 다하고 공경하는 예를 극진히 하지 않는다면 이를 두고 예의를 모르는 야만이라 하고, 또 죽은 사람을 보내는데 있어서도 성실을 다하고 공경하는 예를 극진히 하지 않는다면, 이를 인정이 메마른 사람이라고 한다. 군자는 예의를 모르는 야만을 천하게 여기고, 메마른 인정을 부끄럽게 여긴다."라고 하였다.

　《대대기大戴記》〈기성덕記盛德〉편에는 "무릇 불효는 인애仁愛하지 않는데서 기인하였고, 인애하지 않는 것은 상례와 제례를 잘 모르기 때문이다. 이처럼 제례와 상례는 인애를 가르치는 것이다. 부모를 극진히 사랑하면 상례와 제례를 다할 수 있고, 봄과 가을에 제사를 어기지 않는 것은 지극한 사모의 마음이 있기 때문이다. 무릇 제사란 공양의 도리를 다하는 것이다. 사후에도 사모하고 공양하는데 하물며 생존할 때는 말해 무엇하랴. 그러므로 상례와 제례에 대해 이해하면 백성이 효도를 한다는 것이다. 그리하여 불효한 자를 벌함은 상례와 제례를 바로잡는 것이다."라고 설명하고 있다.

또 《예기》〈제의祭義〉편에는 돌아가신 부모에 대해 "사랑을 바치기를 마치 살아 계신 듯이 하고, 정성을 다하기를 마치 감응하여 나타난 듯이 한다." 하였고, 그리고 〈방기〉편에서는 공자께서 이렇게 말씀하셨다. "제사에 시동이 있는 것과 종묘에 신주가 있는 것은 백성들에게 이처럼 조상을 섬겨야 한다는 것을 보이기 위함이다. 종묘를 수리하고 제사를 공손히 하는 것은 백성들에게 효도를 가르치는 것이다."

돌아가신 부모의 초상을 정성껏 치르고, 먼 조상의 제사상을 드리는 것은 한 가족이나 친족, 나아가 한 민족의 정체성을 되찾고 화합을 이룰 수 있는 계기가 된다. 마치 우리 민족이 단군 할아버지의 후손으로 한 민족이라는 기치 아래 서로 일치단결하고 상부상조할 수 있는 동기를 마련하는 것과 같은 이치이다.

제3장

# 배움의
## 즐거움과 방법

# 01

배우고 때로(항상) 그것을 익히면 또한 즐겁지 아니한가!

## 學而時習之 不亦說乎 〈學而〉
학 이 시 습 지  불 역 열 호 〈 학 이 〉

┌─ 자구字句 해석 ─

학學 : 배움.  이而 : 어조사(접속).  시時 : 때.  습習 : 익히다.

지之 : 갈, 그것.  불역不亦 ~호乎 : 또한 ~아니한가?

열說 : 기쁘다. '설說' 자로 읽으면 말이란 뜻이다.
└

해설

《논어》의 첫머리에 나오는 문장이다. 배울 학學을 가장 먼저 내세운 까닭은 사람이 나면서부터 알고 태어난 신통한 사람이 아닌 다음에는 모두 배워서 깨우치기 때문이다. 또 때 '시時'에 대한 번역은 여러 가지이다. 주로 '때로, 때때로, 적시에, 수시로, 항상' 등인데 그중에 적합한 뜻을 선택하는 것은 독자의 자유이다. 단지 '때로, 때때로'는 우리 단어에 '경우에 따라서'와 '이따금씩'이란 뜻을 지니고 있어서 최근에 학자들은 '적시에' 혹은 '수시로, 항상'으로 번역하고 있는 실정이다.

'습習'은 '익히다.'는 뜻으로 흔히 복습과 예습을 연상하면 쉽게 이해할 수 있다. '습'이란 글자 유래는 새 새끼가 자주 날기 위해 날갯짓을 연습하는 형상을 본뜬 것으로, 배워서 날기 위해 연습을 게을리하지 않는다는 의미가 있다.

'열說'은 '기쁘다.'의 뜻으로 배우고 익히면 가슴속이 흡족하여 기쁨이 찾아온다는 것이다.

조선 후기의 실학자 정약용은 "학學은 아는 것인 '지知'에 속하고, 습習은 행동한다는 '행行'에 속한다. 배우기만 하고 연습하지 않으면 기쁜 생각이 나는 경지에 이르지 않는다. 이는 마치 고기가 먹을 만하다고는 생각하지만 많이 씹은 다음에 입맛이 생기는 것과 같다. …… '열悅'이란 뜻은 고기를 먹는 것처럼 좋다는 것이다."라고 주장하였다.

본문의 주제는 "배운 것을 실제로 활용하다."는 뜻인 '학이치용學以致用'에 있다. 예컨대 학문뿐만 아니라 수영이나 축구, 활쏘기, 자전거 타기 등등 각종 운동을 잘하기 위해서 부단한 연습이 필요하고 익숙한 경지에 다다르면 기쁨을 만끽할 수 있는 것과 같다.

## 02

공자께서 말씀하셨다. "유야, 너에게 안다는 것을 가르쳐주겠다. 아는 것을 '안다.'고 하고 모르는 것을 '모른다.'고 하는 것 이것이 바로 아는 것이다. "

子曰 由 誨汝知之乎 知之爲知之
자 왈  유  회 여 지 지 호   지 지 위 지 지

不知爲不知 是知也. <爲政>
부 지 위 부 지  시 지 야   〈위 정 〉

---

**자구字句 해석**

유由(BC 543~BC 480) : 공자의 제자인 '중유仲由'로 자字는 '자로子
  路'이다. 자로는 성질이 거칠고 용맹하며 심지가 강직했다고 한다.
회誨 : 가르치다.    여汝 : 너, 당신.    지知 : 앎.
지之 : 지시대사, 그것.

---

해 설

본문에 등장하는 자로는 공자의 곁에서 가장 오랫동안 충직하게 섬겼던 주요 제자 중의 하나로 《논어》에만도 40여 차례 거론되었던 인물이다. 《사기》〈중니제자열전〉에 의하면 자로는 공자를 만나기 전에 "수탉의 꼬리로 관을 만들어 쓰고, 수퇘지의 가죽으로 주머니를 만들어 허리에 차고 다녔다."고 한다. 또 한때 공자를 업신여기고 폭행까지 하려 했다고 한다. 그러나 공자가 예로 대하며 바른길로 인도해 주자 감화되어서 그때부터 선비의 의복을 차려 입고 예의를 갖추어 공자의 제자가 되길 자청했다고 한다.

그는 성격이 불같고 불의를 보면 참지 못하는 성격이라 누가 뒤에서 공자의 험담을 하면 바로 뛰어가서 따졌다. 이 때문에 공자는 "내가 중유를 얻은 뒤부터 다른 사람의 험담이 내 귀에 들리지 않았다."라고 할 정도였다. 이런 자로의 급한 성격을 잘 아는 공자는 그가 시정의 시시비비에 얽매이지 않도록 충고해 준 말이다.

올바른 앎과 배움의 태도에 대해서 공자는 《논어》 〈술이述而〉편에서 술회했다. "알지도 못하면서 행동하는 사람이 있느냐? 나는 이런 것이 없다. 많이 듣고서 그중 선한 것을 가려서 따르며, 많이 보고 기록하는 것이 타고나면서부터 아는 사람에 버금가는 것이다."

태어나면서부터 아는 사람은 신동이나 천재라고 할 수 있다. 그러나 이러한 사람들은 극소수이고, 대부분의 사람들은 학문과 학습을 통해서 앎을 깨달을 수 있다. 공자 역시 스스로 태어나면서부터 아는 사람이 아니라 부단한 노력을 통해서 성인聖人의 반열에 올라설 수 있었던 것이다. 모르는 것은 부끄러운 것이 아니라 알지 못하면서 아는 체하는 위선과 배우려고 하지 않는 태도가 부끄러운 것이다. 재미있는 것은 본문의 독음인 '회여지지호! 지지위지지, 부지위부지, 시지야.'를 빨리 읽으면 마치 제비가 지저귀는 소리와 비슷하다 하여 옛 사람들은 우스갯소리로 제비도 《논어》를 읽은 줄 안다고 농담했다.

이 밖에도 다른 사례가 있는데 《논어》〈옹야雍也〉편에 "고觚(중국의 청동 술잔의 통칭)라는 술잔을 사용하면서도 주량을 조절하지 못한다면 고라고 할 수 있겠는가?"의 한자 음이 '고불고고재고재'라서 비둘기도 논어를 안다고 하였고, 《맹자》〈양혜왕〉에서 "홀로 음악을 즐기는 것과 사람들과 더불어 음악을 즐기는 것 중에 어느 것이 즐겁습니까?"라는 뜻의 한자 음이 '독락여중락숙락' 이 개구리의 소리와 비슷하다고 하여 개구리도 《맹자》를 읽을 줄 한다고 즐거워했다.

# 03

아는 것은 좋아하는 것보다 못 하고, 좋아하는 것은 즐기는 것만
못 하다.

子曰 "知之者不如好之者
자 왈　　지 지 자 불 여 호 지 자

好之者不如樂之者." <雍也>
호 지 자 불 여 락 지 자 　　〈 옹 야 〉

**자구字句 해석**

지知 : 앎.　　부지不如 : ~만 같지 못하다.　　호好 : 좋아하다.
낙樂 : 즐기다.

해설

이 구절은 어떤 것에 대한 탐구하는 경지를 단순히 아는 것과
좋아하는 것, 즐기는 것으로 나눠서 설명한 것이다. 이에 대해 남
송의 유학자 장식(1133~1180)은 "오곡에 비유하자면, 아는 자는
그것이 먹을 수 있음을 아는 자이고, 좋아하는 자는 먹고서 좋아
하는 자이고, 즐거워하는 자는 좋아하여 배불리 먹은 자이다. 알
기만 하고 좋아하지 못하면 이는 앎이 지극하지 못한 것이요. 좋

장식張栻

아하기만 하고 즐거워함에 미치지 못하면 좋아함이 지극하지 못한 것이니, 이는 옛날 배우는 자들이 스스로 힘써 쉬지 않는 이유일 것이다."라고 하였다.

어떤 학문이나 기타 모든 일에 임할 때에 자신을 잊고 몰입해야 확실히 알게 되고, 또 더 나아가 좋아하고 즐거운 경지에 이르러 크게 성취할 수 있는 것이다. 공자는 스스로 "학문에 발분하면 끼니도 잊고 도를 즐기며, 근심과 걱정을 잊으며, 늙음이 닥쳐오는 데에도 그런 것을 알지 못하는 사람이다."라고 하였다.

그리고 "나물밥 먹고 물 마시며, 팔베개를 하고 누워도 즐거움은 그 가운데 있다. 정의롭지 못한 부귀는 나에겐 뜬구름과 같다." 하였고, 심지어 아침에 도를 들으면 저녁에 죽어도 좋다고 하여 세상의 모든 이해득실과 영욕은 물론 생사까지도 초월하는 경지에 이르렀다.

이러한 경지는 성인군자에게서만 찾아볼 수 있는 것은 아니다. 조선 후기의 실학자인 박지원朴趾源(1737~1805)의 〈형언도필첩서炯言挑筆帖序〉에는 다음과 같은 인물들이 소개되어 있다.

조선의 유명한 화가로 알려진 이징(1581~?)은 어릴 때 다락에 올라가 그림을 익히고 있었는데, 가족들이 그가 있는 곳을 몰라서 찾아 헤매다 사흘 만에 마침내 찾아냈다고 한다. 그의 부친이 노하여 종아리를 때렸더니 울면서도 떨어지는 눈물로 새를 그리고 있을 정도로 그림에 빠졌다고 한다. 결국 그는 성장하여 조선조 최고 화가 중 한 사람이 되었다.

또 학산수라는 사람은 조선에서 노래를 제일 잘 불렀다고 한다. 그는 세간에 알려지기 전에 평소 산속에 들어가 소리를 익혔는데, 매번 노래 한 가락을 마치면 모래를 주워 나막신에 던져서 그 모래가 나막신에 가득 차야만 돌아왔다고 한다. 그러던 어느 날 산중에서 도적을 만나 죽게 되었는데 마지막으로 노래나 원 없이 부르겠다고 하며 한 곡조를 뽑으니, 마침내 뭇 도적들도 모두 그의 노래에 감격하여 눈물을 흘렸다고 한다. 이러한 행위를 두고 "죽고 사는 것을 마음속에 두지 않는다."는 것이고, 이 일을 계기로 학산수는 목숨을 부지함은 물론이고 명창으로 널리 알려지게 되었다.

최근 우리 젊은이들 사이에 컴퓨터나 스마트폰 등을 이용한 게임 열풍을 쉽게 볼 수가 있다. 누가 억지로 시켜서 하는 것이 아니라 스스로 좋아하고 즐기면서 빠져든 것이다. 중요한 것은 게임뿐만 아니라 다른 분야에서도 자기가 참으로 좋아하는 것을 진지하게 고민해 보고, 즐기는 자세로 몰입할 수 있다면 누구나 한 분야에서 크게 성취할 수 있을 것이다.

## 04

명민하면서 배우기를 좋아하여 아랫사람에게 묻기를 부끄럽게 여기지 않는다.

敏而好學 不恥下問. 〈公冶長〉
민 이 호 학  불 치 하 문  〈 공 야 장 〉

┌─ 자구字句 해석 ─┐

민敏 : 민첩하다, 명민하다.    호好 : 좋아하다.

치恥 : 부끄러움.    문問 : 묻다.

해설

위나라의 대부 공어는 총명하고 학문을 좋아했으며 무척 겸허한 사람이었다. 공어가 죽은 후에 위나라 군주는 후대 사람들에게 공어의 호학 정신을 발양하게 하기 위해서 그에게 '문공文公'이란 시호를 내렸는데, 후인들은 '공문자孔文子'라고 하였다.

공자의 제자 중에 자공은 위나라 출신으로 공어가 의외로 높은 평가를 얻자 공자에게 "공어의 학문과 재주가 비록 높지만 다른 걸출한 인물도 많은데 어찌하여 공어에게 '문공文公'이란 시호를 내렸는지 모르겠습니다."라고 질문하자, 공자가 웃으면서 이렇게 대답하였다. "그는 명민하면서 배우기를 좋아하여 아랫사람에게 묻기를 부끄럽게 여기지 않았기 때문이다."라고 하였다.

학문의 세계는 무한하고 한 사람이 모든 것을 다 배워서 알기에는 한계가 있다. 때문에 자신이 모르는 것이 있으면 체면 불구하고 물어보고, 설사 아는 것이라도 다시 한 번 확인하는 것이 신중한 배움의 태도이다.

공자도 평소 그러한 배움의 태도를 견지했던 것으로 알려진다. 즉, 일찍이 공자가 대묘大廟에 들어가서 아주 사소한 것까지 물은 적이 있었다. 이때 어떤 사람이 말하기를 "누가 추나라 사람공자이 예를 안다고 했던가? 대묘에 들어와서 매사를 물어보더라."라고 빈정거렸다. 선생께서 그 말을 들으시고 이렇게 말씀하셨다. "그것이 바로 예이다." 이는 우리 속담에 "아는 길도 물어가라." "돌다리도 두들겨 보고 건너라."라는 말과도 일맥상통한다.

이러한 정신은 공자의 제자들에게서도 찾아볼 수 있다. 즉 증자는 안연을 회상하면서 "유능하면서도 무능한 사람에게 묻고, 박학다식(학식이 넓고 아는 것이 많음)하면서도 천학과문(학식이 얕고 보고 들은 것이 적음)한 사람에게 물으며, 있으면서도 없는 듯, 실하면서도 허한 듯, 욕을 보아도 따지며 다투지 않는다."라고 평가하였다.

일본 속담에도 "묻는 것은 일시의 부끄러움, 묻지 않는 것은 평생의 부끄러움"이라는 말이 있다. 조선 후기의 실학자 박지원은 《북학의》 서문에서 "학문하는 방도는 다른 것이 없다. 알지 못하

제기齊己

는 것이 있으면 길 가는 사람이라도 붙잡고 물어보아야 한다. 하인이 나보다 한 글자라도 더 안다면 그에게 배워야 한다. 자기가 남보다 못한 것을 부끄러워하여 자기보다 나은 사람에게 묻지 않는다면, 평생 고루하고 무식함에 갇히는 것이다.”라고 하였다.

일례로 중국 당나라 때의 승려였던 제기(863?~937)는 ‘이르게 핀 매화’라는 뜻의 〈조매早梅〉라는 시를 지어 정곡(851?~910)에게 보여주고 가르침을 청한 적이 있었다. 그의 시구 중에,

“앞마을이 깊은 눈 속에 파묻혔는데 어젯밤에 매화가 몇 가지에 피었다네.”라는 구절이 있었다. 정곡은 이 구절의 ‘몇 가지[數枝]’가 ‘이르게 핀 매화[早梅]’라는 제목과 잘 어울리게 ‘한 가지[一枝]’로 고치는 것이 더욱 좋겠다고 조언하였다. 즉, “앞마을이 깊은 눈 속에 파묻혔는데 어젯밤에 매화가 한 가지에 피었다네.”라는 뜻이 되니, 더욱 시의 애틋한 정취가 우러나왔다. 이에 제기는 자신도 모르게 정곡에게 절을 하면서 한 글자로 가르침을 준 스승이라 하여 ‘일자사一字師’라고 불렀다.

또 송나라의 명신名臣으로 이름을 떨친 장괴애(946~1015)가 어

느 날 소초재를 집으로 초대한 적이 있었다. 이때 소초재는 장괴애가 지은 시 한 수를 발견했는데, 그중에 "홀로 태평무사함을 한탄하니, 강남의 한가로움이 늙은 상서를 죽이누나."라는 구절이 있었다. 여기서 조정의 고관인 장괴애가 태평한 세월을 한탄한다는 내용을 잘못 해석하면 반역과 불평분자의 뜻으로도 오인할 수 있었기 때문에, 소초재는 시구 중에서 '한恨' 자를 '행幸' 자로 고쳐 "홀로 태평무사함을 다행스러워한다."라는 뜻으로 고쳤으면 좋겠다고 조언했다. 장괴애는 이를 듣고 감탄하면서 "당신은 나의 일자사一字師."라고 칭송하였다.

이처럼 제기와 장괴애처럼 비록 박학다식하면서 좋은 문인일지라도 겸허하게 남의 충고를 받아들이고 자신의 발전에 밑거름으로 삼을 줄 알아야 호학자好學者라고 할 수 있다.

## 05

공자가 말씀하셨다. "배우고 생각지 않으면 어두워지고, 생각만 하고 배우지 않으면 위태하다."

子曰 "學而不思則罔 思而不學則殆." <爲政>
자 왈　학 이 불 사 즉 망　사 이 불 학 즉 태　〈위 정〉

**자구字句 해석**

망罔 : 그물, 어둡다, 은폐하다.　태殆 : 위태하다.

해설

이 구절은 배움과 생각을 병행해야 한다고 주장하는 것이다. 이에 대해 주자는 "배우기만 하고 생각하지 않으면 자기 마음에 구하지 않으므로 어두워서 얻음이 없고, 생각만 하고 배우지 않으면 그 일을 익히지 않으므로 위태로워 편안하지 못할 것이다."라고 설명했다. 또 정자程子(1033~1107)는 "널리 배우고, 살펴서 묻고, 삼가서 생각하고, 밝게 분별하고, 돈독하게 행동하는 다섯 가지 중에 하나라도 폐하면 배움이 아니다."라고 주장하였다. 이와 관련하여 송나라의 재상 왕안석王安石(1021~1086)은 《상중영傷仲永》이란 작품에서 방중영(1020~?)이란 사람을 다음과 같이 소개했다.

그 내용을 살펴보면 방중영은 5세부터 시를
잘 지어서 신동으로 소문이 났다고 한다. 이에
방중영의 아버지는 신바람이 나서 자주 방중
영을 데리고 많은 사교 장소에 가서 자기 아
들의 재주를 과시하게 하여 그 대가로 돈
을 받아냈다. 그 뒤에도 계속 이런 일로
시간을 낭비한 방중영은 결국 자신의 공
부와 스스로 생각할 겨를이 없게 되었
다. 그리하여 방중영은 커서 아주 평범한
사람으로 전락하고 말았다는 것이다.

왕안석은 방중영이 타고난 재능을 살리지
못한 경험에 비추어, 자신은 스스로 분발하

왕안석王安石

여 열심히 공부하겠다고 생각하고 노력한 끝에 훌륭한 위인이 되
었다.

또 왕안석과 천재 시인으로 알려진 소식蘇軾(1037~1101)이 서로
국화꽃에 관해 의견을 달리한 것도 세상에 널리 알려지고 있다.
왕안석과 소식은 평소 정치상 견해가 달라서 항상 대립했다고 한
다. 한 번은 소식이 왕안석을 찾아뵙고, 서고에 들러 책을 보던 중
에 왕안석이 쓴 다음과 같은 시 구절을 보게 되었다.

지난밤 서쪽 바람이 화원을 휩쓸고 지나가더니,

소식蘇軾

국화꽃을 모두 떨어뜨려 땅바닥에 황금을 깔아 놓은 듯하네.

소식은 이 시를 보고 실소를 금치 못했는데, 그가 아는 상식으로는 가을바람이 아무리 세차게 불더라도 국화가 떨어지는 것을 볼 수 없다고 생각하고, 왕안석을 무식하다고 여겼다. 그래서 즉시 붓을 들고 다음과 같이 두 구절의 시구를 첨부시켰다.

가을꽃은 봄꽃과 달라서 바람이 불어와도 잘 떨어지지 않는다네.
시인들에게 말하노니, 시를 주도면밀하게 읊으시오.

이 시구를 본 왕안석은 소식의 필체임을 알고 매우 괘씸히 여겼다. 얼마 후, 왕안석은 소식을 황주黃州의 지방 관리로 보내면서 이렇게 말했다.

"조정에 있을 때보다 여유가 많을 테니, 경험을 쌓고 학문을 더 넓히는 기회가 되길 바라오!"

이 말을 들은 소식은 왕안석이 자신의 처지를 비꼬는 것 같아서 기분이 몹시 나빴지만 체면상 반론하지 않고 황주로 떠났다. 소식이 황주에 있을 때, 한 번은 정혜원이라는 절의 주지가 보내준 국화 씨를 뒤뜰에 심은 적이 있었다. 그해 가을이 되어 국화꽃이 만발한 것을 보고 감상했었다. 그리고 얼마 후에 국화꽃을 다시 보기 위해 뒤뜰로 간 적이 있었다. 그런데 국화꽃은 어느새 땅바닥에 떨어져 국화꽃 가지에는 꽃 한 송이 없고 뒤뜰이 황금으로 포장해 놓은 듯한 정경이 펼쳐져 있었다. 너무 놀란 소식은 눈을 크게 뜨고 입을 벌린 채 한참 동안 말이 없었다. 그리고는 "과연 세상에는 왕안석이 말한 그런 국화꽃도 있구나!"라고 스스로의 오만을 반성했다.

〈위령공衛靈公〉에는 공자께서 스스로 "내가 일찍이 종일토록 밥을 먹지 않고, 밤새도록 잠도 자지 않으면서 사색에 잠겨본 적이 있었다. 하지만 아무런 이로움도 얻을 수 없었나니, 그것보다 배우는 것이 훨씬 낫다."라고 토로한 적이 있었다. 세상에는 자신이 생각하는 것보다 더 새롭고 경험해 보지 못한 진실들이 많다. 따라서 배우는 사람들은 항상 이점을 염두에 두어야 할 것이다.

## 06

옛것을 잘 익혀 새로운 것을 알면 이로써 스승이 될 수 있다.

## 溫故知新 可以爲師矣. 〈爲政〉
온 고 지 신 　가 이 위 사 의 　〈 위 정 〉

**자구字句 해석**

온溫 : 따뜻하다, 익히다. 　고故 : 예전에 이미 배운 것.

지신知新 : 새로운 것을 알다. 　위爲 : 하다, 되다. 　사師 : 스승.

해설

　'온고지신'은 '옛것과 새로운 것을 동시에 알아야 한다.'는 뜻
도 있고, 또한 '예전에 배운 것을 잘 익히고, 그 가운데서 스스로
새로운 이치를 터득해야 한다.'는 뜻도 내포하고 있다. 조선의 왕
인 정조는 "무릇 글을 읽는 법은 옛것을 익히고 새것을 아는 것이
귀하지만, 이것은 한편으로는 전에 읽은 구절을 거듭해서 외우고
한편으로는 새로운 책을 읽는 것을 말하는 게 아니다. 옛날에 들
은 것을 반복해서 연구하면 전에 들은 것 중에 자연히 새로 깨닫
는 좋은 맛이 있게 되니, 배우는 자가 힘을 쓸 곳은 바로 이 한 가
지에 있다."라고 주장했다.

　《예기》에 "스스로 터득한 것은 없이 단지 옛글을 기억하여 남의

물음에 응대하는 학문으로는 남의 스승이 될 수 없다.”고 하였다. 그러면 어떻게 공부해야 하나? 공자는 평소 제자들을 지도할 때에 “알려고 애쓰지 않는 자에게 깨우쳐주지 않을 것이며, 말해 보려 애쓰지 않는 자에게는 깨우쳐주지 않을 것이며, 한 모서리를 들어 보여도 나머지 세 모서리를 미루어 깨닫지 못하면 나는 다시 가르치지 않는다.”라고 하였다. 한 마디로 하나를 가르쳐주면 둘셋을 능히 유추할 능력을 배양해야 한다는 것이다. 그런 사람이야말로 나중에 능동적이고 창조적인 사람이 될 수 있으며 또한 남의 스승이 될 수 있다는 것이다.

예컨대 어느 날 공자에게 자장이 “십대十代 이후의 일을 미리 알 수가 있습니까?”라고 장래의 일을 물었다. 그러자 공자께서 이렇게 대답하였다.

“은나라는 하나라의 문물제도를 이어받았으니, 그 덜고 보탠 것을 알 수 있고, 주나라 역시 은나라의 문물제도를 이어받았으니 그 덜고 보탠 것을 알 수 있다. 나중에 누구인가 주나라의 뒤를 잇는다면 비록 백대百代 이후의 일이라도 미리 알 수 있다.”

이처럼 옛것을 통하여 새로운 것을 유추할 줄 알아야 장차 남의 스승도 될 수 있다는 것이다.

# 07

자하가 말했다. "날마다 모르고 있는 바를 알고, 달마다 능한 바를 잊지 않는다면 학문을 좋아한다고 말할 수 있다."

子夏曰 "日知其所亡 月無忘其所能
자 하 왈    일 지 기 소 망   월 무 망 기 소 능

可謂好學也已矣." <子張>
가 위 호 학 야 이 의    〈 자 장 〉

---

**자구字句 해석**

자하子夏 : 공자의 제자, 문학 방면에 뛰어남.

망亡 : 없다, 모르고 있는 것.　　무망無忘 : 잊지 않는다.

가위可謂 : ~말할 수 있다.

야이의也已矣 : ~이다. 보통 단정을 나타내는 종결사로 쓰임.

---

해설

이 구절은 온고지신과 일맥상통하는 면이 있다. 그래서 북송의 사학자 범조우(1041~1098)는 "옛것을 익힌다는 것은 달마다 자신이 이미 잘하는 것을 잊지 않는 것이고, 새것을 알아나간다는 것은 날마다 자신에게 없던 것을 알아나가는 것이다."라고 주장하였다. 즉 날마다 모르는 것을 아는 것[日知]은 새로운 것을 안다[知新

는 뜻이 담겨져 있고, 달마다 능한 바를 잊지 않는다[月無忘]는 것은 옛것을 잘 익힌다[溫故]는 뜻이 담겨져 있다는 것이다.

이에 반해 주자는 "온고지신은 옛것을 익히는 가운데서 새로운 도리를 얻는 것이고, 이 구절은 도리어 새로 아는 것으로 인해서 옛것의 복습을 겸하는 것이다."라고 주장했다.

그러나 조선 후기의 실학자 정약용은 "얻는 바의 선후로는 온고가 먼저이고 지신이 뒤지만 공부의 완급으로는 지신이 급하고 온고가 느슨하다. 그러므로 저기서는 온고를 먼저 말씀하고 여기서는 지신을 먼저 말씀한 것이니, 그 실재는 선이 되기도 하고 후가 되기도 하여 굳이 나눌 필요가 없다."고 주장했다.

송나라의 유학자 윤돈은 "학문을 좋아한다는 것은 날로 새롭게 하고 잃지 않는 것이다."라고만 해설하고 있다.

여기에서 가장 중요한 것은 "옛 지식과 새로운 지식을 모두 익히고, 잊지 말고 잘 간직하기 위해 노력하자."는 뜻이라 할 수 있다. 그런 취지에서 청나라의 고염무(1613~1682)는 자신의 30년간의 저술을 모아 《일지록日知錄》이라는 제목으로 책을 만들었고, 정조는 평소의 언행을 기록하여 《일득록日得錄》이라는 책

고염무顧炎武

을 만들었다. 그 까닭은 날마다 모르고 있는 바를 알고, 달마다 능한 바를 잊지 않기 위함이었다.

사람이 한 평생 배운 것을 모두 다 기억하고 있을 수는 없다. 하지만 배운 것을 잘 요약하고 기록하여 잊지 않으려고 노력하고, 그 기록이 자신뿐만 아니라 후손과 사회, 국가에 도움이 되고, 귀감이 되게 하는 것이 진정한 호학자好學者의 자세이다.

## 08

공자께서 말씀하셨다. "남방 사람들의 속담에 '꾸준한 마음이 없는 사람은 무당이나 의원도 될 수 없다.'고 했는데 좋은 말이다.

子曰 "南人有言曰 '人而無恒 不可以作巫醫'
자 왈   남 인 유 언 왈    인 이 무 항  불 가 이 작 무 의

善夫!" 〈子路〉
선 부    〈자 로〉

**자구字句 해석**

남인南人 : 남방 사람.　　항恒 : 항상, 항구, 꾸준하다.
무의巫醫 : 무당과 의원.

해설

　이 구절은 꾸준한 마음이 없이는 어떠한 일도 성취하기 어렵다는 뜻이다. 본문에서 나오는 무당이나 의원은 예전에는 하찮은 기예를 지닌 천한 직업으로 여겼다. 이런 사람들도 꾸준한 마음이 없으면 그 직종도 종사하기 어렵다는 것이다. 꾸준한 마음이란 변함없이 항상 지니고 있는 착한 마음이다. 공자는 "없으면서 있는 척하고, 비었으면서 가득한 척하고, 조금 있으면서 많은 척하면

꾸준한 마음을 갖기 어렵다."라고 했다.

조선의 임금 정조는 〈훈어訓語〉에서 이렇게 설명했다.

"공자께서 말씀하시기를 '사람으로서 꾸준한 마음恒心이 없으면 무당이나 의원조차도 될 수 없다.'고 하셨다. 무릇 '오래도록 변하지 않는다恒'는 것은 성誠의 도리이고, '성誠'이란 것은 마음의 주재자主宰者이다. 따라서 내가 한 번 불성실한 마음을 먹기만 하면, 만사 만물이 덩달아서 거짓으로 꾸미고 현혹시키는 와중으로 떨어진다. 그러므로 《중용》에서 이르기를 '성실하지 않으면 사물이 존재하지 않는다.'고 하였다.

반면에 내 마음이 한결같이 성실하고 이러한 마음이 잠시라도 끊어지는 순간이 없다면, 이치를 바라봄에 저절로 분명해지고 사물을 대함에 저절로 순조로워져서, 이를 미루어 나갈 경우 금석도 꿰뚫을 수 있고 돼지나 물고기도 감화시킬 수 있는 경지에 다다르게 된다. 그리하여 《중용》에서 이르기를 '성誠이란 것은 하늘의 도'라고 하였다. 의원이나 무당의 기능을 배우려는 자들도 오히려 그 항심을 지니지 않아서는 아니 되거늘, 하물며 사대부로서 임금을 섬기고 세상을 살아가는 경우임에랴."

중국 당나라 때 대시인으로 알려진 이백(701~762)은 젊은 날에 학문을 닦기 위해 산으로 들어가서 공부를 시작했는데 도중에 그만 공부하는 것이 싫증나 버렸다. 그래서 결국 공부를 포기하고 산을 내려오는데 계곡에서 한 노인이 바위에다가 도끼를 갈고 있었다. 이백은 노인에게 도대체 무엇을 하는 것이냐고 물었다. 그러자 노인은 도끼를 갈아서 바늘을 만들려고 한다고 대답했다. 이백이 "도끼를 갈아서 언제 바늘을 만들겠습니까?"라고 의심했다. 그러자 노인은 이렇게 대답했다. "중도에 포기하지 않는다면 될 수 있지." 이백은 그 말에 충격을 받고 다시 산에 올라가 꾸준한 마음으로

이백李白

학문에 매진하여 결국 큰 성취를 얻게 되었다. 여기서 "도끼를 갈아서 바늘을 만든다.[磨斧作針]"는 고사성어가 유래되었다.

## 09

자하가 말하기를 "벼슬을 하면서 여가가 있으면 학문을 하고, 학문을 하고서 여가가 있으면 벼슬을 한다."

子夏曰 "仕而優則學 學而優則仕." <子張>
자 하 왈    사 이 우 즉 학    학 이 우 즉 사    〈 자 장 〉

> **자구字句 해석**
>
> 자하子夏 : 공자의 제자, 문학 방면에 뛰어남.
> 사仕 : 벼슬.    우優 : 넉넉하다, 여가.

해설

세인들은 보통 출세하여 벼슬을 하면 더 이상 공부에 매진하지 않는 경향이 있다. 그러나 사람은 평생 공부해야 대성할 수 있다. 그렇지 않으면 다른 사람에게 추월당할 수 있고, 스스로 도태되기 마련이다.

공자는 "행하고 남는 힘이 있으면 즉시 그 힘으로 글을 배워야 한다."라고 했고, 또 "젊은 후배들은 두려워할 만하다. 장래에 그들이 지금의 우리를 따르지 못하리라고 어찌 알 수 있겠는가."라고 하였다. 이 말은 공자가 젊은이를 격려하고 노력의 소중함과 그 장래성을 강조한 말이다.

손권孫權

한 가지 사례를 들자면 중국 삼국 시대 관우를 패배시켜 죽음으로 몰아넣었던 유명한 오나라의 여몽(178~220)이란 장수의 이야기이다.

여몽은 싸움에는 능하지만 어렸을 때부터 공부를 거의 하지 않았다. 하루는 오나라 군주 손권(182~252)이 여몽에게 일러 말하기를 "경은 지금 주관하는 일을 제외하고 배우지 않으면 안 된다." 이에 여몽은 "군중軍中에 일이 많습니다."라고 사양했다. 손권이 말하길 "내가 경보고 경전을 연구하여 박사가 되라고 하였는가? 단지 마땅히 독서를 하여 지난 일을 알고 있어야 한다는 것이다. 경이 일이 많다고 하는데 군주인 나보다 많겠는가? 하지만 나는 항상 독서를 하니 크게 유익한 점이 있더라. 한나라의 광무제도 군무가 많았는데 손에서 책을 놓지 않았고, 조맹덕[조조] 역시 스스로 늙을 때까지 학문을 좋아했

조조曹操

다고 하는데, 경은 왜 스스로 자신을 힘쓰지 않는가?"

　이에 자극을 받은 여몽은 독서를 시작했다. 한 번은 노숙(172~217)
이 여몽이 있는 곳을 지나는 길에 여몽과 만나 이야기를 나누다가
크게 놀라 말했다. "경의 지금의 재략才略은 예전과 크게 다릅니
다." 그러자 여몽이 말하길 "선비는 3일 동안 만나지 못하면 서로
눈을 비비고 상대해야 합니다.[士別三日 卽更刮目相對] 왜 그리 놀
라십니까?" 이 말에 더욱 놀란 노숙은 여몽의 어머니를 찾아뵙고
앞으로 서로 막역한 친구를 되겠다고 약속하고 헤어졌다.

# 10

자하가 말하기를 "널리 배우고, 독실하게 뜻을 세우며, 절실한 것을 묻고, 가까운 것부터 생각해 나간다면 인仁은 그 가운데 있다."

子夏曰 "博學而篤志
자 하 왈   박 학 이 독 지

切問而近思 仁在其中矣." <子張>
절 문 이 근 사   인 재 기 중 의    〈 자 장 〉

---

**자구字句 해석**

자하子夏 : 공자의 제자.     박학博學 : 널리 배우다.

독지篤志 : 독실하게 뜻을 세우다.     절문切問 : 절실히 묻다.

근사近思 : 가까운 것부터 생각하다.

---

해설

이 구절에 대해 북송의 유학자 정호(1032~1085)는 "널리 배우고, 독실하게 뜻을 세우며, 절실한 것을 묻고, 가까운 것부터 생각하면 어찌하여 인仁이 이 가운데 있다고 말하였는가? 배우는 자들은 이것을 명심해야 하니, 이것을 알면 바로 위로 통달하고 아래로 통달하는 방법이다."라고 했다. 또한 "널리 배우지 않으면 지킴이 요약되지 못하고, 독실하게 뜻을 세우지 못하면 힘써 행할 수 없으니, 자기에게 있는 것을 절실히 묻고 가까운 것부터 생각하면 인仁은 그 가운데 있게 된다."고 하였고, "가까운 것부터 생각한다近思는 것은 유추하는 것이다."라고 설명하였다."

소식은 "널리 배우기만 하고 독실하게 뜻을 세우지 못하면 크기만 하고 이루는 것이 없으며, 대충 묻고 요원한 생각만 하면 수고롭기만 하고 효과가 적다."라고 주장했다.

위 구절과 유사한 내용이 《중용》에도 있다. 즉 "널리 배우며, 자세히 묻고, 신중히 생각하며, 명백히 분별하고, 독실하게 행해야 하느니라.博學之 審問之 愼思之 明辨之 篤行之"라는 구절이 있는데, 서로 비교하여 살펴보면 도움이 될 것이다.

학문의 궁극적인 목적은 진리에 대한 탐구이고, 그 진리를 깨달은 후에는 이를 실천하는 것이라고 할 수 있다. 유학의 이상적인 진리는 '사람

정호程顥

소식蘇軾

을 널리 사랑한다.' 는 '인仁' 사상을 널리 세상에 펼치고 실천하는 것이다. 인仁이란 멀리 있는 것이 아니라 자기로부터 시작하는 것이고, 올바른 학문 태도와 방법도 여기에서 비롯된다. 위 네 가지는 모두 바른 학문의 태도와 방법인 것이다.

# 11

군자는 도를 도모하고 먹을 것을 도모하지 않는다. 농사를 지어도 그 중에 굶주림이 있는 법이요, 학문을 하여도 먹을 녹이 그 속에 있는 것이다. 그래서 군자는 도가 행해지지 못할까 근심하고 가난할까 근심하지 않는 것이다.

君子謀道不謀食　耕也　餒在其中
군 자 모 도 불 모 식　경 자　뇌 재 기 중

學也　祿在其中矣　君子憂道不憂貧　〈衛靈公〉
학 야　녹 재 기 중 의　군 자 우 도 불 우 빈　〈위 령 공〉

**자구字句 해석**

모謀 : 도모하다.　경耕 : 밭 갈다, 농사짓다.

뇌餒 : 주리다, 굶기다.　학學 : 배우다, 학문.

녹祿 : 복, 녹봉.　우憂 : 걱정, 근심.　빈貧 : 가난하다.

해설

농사를 짓는다고 반드시 풍작을 거두어서 굶주림을 면할 수 있는 것이 아니고, 학문에 매진하는 것은 녹봉을 바라고 하는 것은 아니지만 출세하여 벼슬하면 자연스럽게 녹봉을 얻을 수도 있다는 뜻이다. 단지 그 마음의 자세는 먹을 것과 가난에 연연하지 않고, 오직 도를 행함을 먼저 염두에 두어야 한다는 것이다. 성호 이익은 〈뇌재기중〉이란 글 중에서 이렇게 설명하였다.

"어느 날 내가 잠자리에 누웠으나 잠이 들지 않아 이것저것 생각하다가 우연히 깨달은 것이 있었다. 《논어》에 '농사를 지어도 굶주림이 그 속에 있고, 글을 배우면 녹이 그 속에 있다.' 라는 그 글이 타당치 못한 점이 있는 듯하여 다시 상고해 보았다. '위餒'는 '먹인다.' 는 뜻인데 주릴 '뇌餒'와 서로 비슷하니 혹 전해 기록할 때 잘못 쓰인 듯하고, 옛사람도 '위餒'와 '뇌餒'를 통용한 예가 있다. 공자님의 뜻은 대개, 배우면 반드시 녹을 얻는 것이 마치 농사하면 반드시 먹을 곡식을 얻는 것과 같아 '어려운 일을 먼저 한 다음에야 좋은 효과를 얻는다.[先難而後獲]'와 '3년쯤 공부하고서 녹봉에 뜻을 두지 않는 자를 얻기가 쉽지 않구나.[三年學 不至於穀 不易得]' 라는 뜻과 마찬가지로, 학문에 힘쓰지 않고 먼저 녹부터 희망하는 뜻을 경계해서 이른 말이다."

또 위의 구절과 연계시킬 내용으로 〈위정爲政〉편에는 자장이 벼슬해서 출세하는 방법을 묻자 공자께서 이렇게 말씀하셨다. "많이 듣고서 의심스러운 것은 빼놓고 그 나머지만을 신중히 말하면 허물이 적어질 것이다. 많이 보고서 확실하지 않은 것은 빼놓고 그 나머지만을 신중히 행하면 후회하는 일이 적을 것이다. 말할 때 허물이 적고 행할 때 후회가 적으면 출세하는 방법은 바로 그 속에 있다." 이는 벼슬할 때의 바른 처신으로 참고할 만하다.

공자의 출생지-니구산尼丘山 전경

니구산 부자동夫子洞 유적비

제4장

벗을 사귀는 법

# 01

벗이 있어 먼 데서 찾아오면 또한 즐겁지 아니한가! 남이 나를 알 아주치 않아도 성내지 아니하면 또한 군자가 아니겠는가!

有朋自遠方來　不亦樂乎
유 붕 자 원 방 래　불 역 락 호

人不知而不慍　不亦君子乎
인 부 지 이 불 온　불 역 군 자 호

―――――――――――――――――――――
**자구字句 해석**

유有 : 有는 존재나 현상을 표시하는 동사로 ~있다는 뜻.

붕朋 : 글 벗.　　자원自遠 : 먼 곳으로부터.

래來 : 오다.　　역亦 : 또.　　낙樂 : 즐겁다.

인人 : 사람, 보통 남을 지칭함.　　온慍 : 성내다.

군자君子 : 고대 상류 계층, 도덕적으로 성취한 지식인.
―――――――――――――――――――――

해설

일반적으로 '벗 붕朋'은 같은 스승에게 배운 '동문同門'을 지칭 하고, '벗 우友'는 같은 뜻을 지닌 '동지同志'를 말한다. 벗은 이전 에 같이 배우고 사귄 사이로 서로 떨어져 있어도 글로써 소통할 수도 있고, 서로 인仁으로써 돕는 존재이다. 또한 헤어져 있던 벗이 먼 곳에서 찾아오면 그보다 즐거운 것이 있겠는가?

《예기》에는 "혼자서 배우고 벗이 없으면 고루해지고 듣는 것이 적어진다."고 하였고, 《맹자》에는 "한 고을에서 착한 선비는 한 고을의 착한 선비를 벗하고, 한 나라에서 착한 선비는 한 나라의 착한 선비를 벗하며, 천하에서 착한 선비는 천하의 착한 선비를 벗으로 사귄다. 선한 선비를 벗으로 삼았는데도 만족하지 않으면 다시 옛날로 거슬러 올라가서 옛날의 훌륭한 인물을 연구하고 그들에게서 배운다."고 하였다. 벗은 서로 돕고 같이 성장할 수 있는 존재이기 때문에 즐겁다는 것이다.

공자는 "남이 알아주지 않아도 노여워하지 않는다."는 뜻과 호응하는 말을 많이 하였다. 즉 "나를 알아주는 사람이 없음을 걱정하지 말고, 알아줄 만한 자가 되어야 한다."고 하였고 "남이 나를 알아주지 않음을 걱정하지 말고 자신이 능하지 못함을 걱정해야 한다."라고 하였으며 "군자는 나의 무능함을 병으로 여기고, 남이 나를 알아주지 않음을 병으로 여기지 않는다."라는 말을 남겼다.

이에 대해 송상렴(1760~?)은 정조와의 문답에서 이렇게 설명하였다.

"군자의 학문은 자기 자신에게서 찾고 남에게서 찾지 아니하며, 안에서 찾고 밖에서 찾지 아니하니, 참과 거짓이 이것으로 말미암아 나뉘고 사악함과 정의가 이것으로 말미암아 판가름 납니다. 그러므로 예로부터 성현이 학문을 논함에는 반드시 이것에 대해 자

《맹자孟子》

상하게 경계를 깊이 하였습니다."

《맹자》에는 〈대장부〉라는 글이 있는데, 남이 몰라도 노여워하지 않고 굳건하게 자신의 길을 가는 모습을 살펴볼 수 있다.

"천하라는 가장 넓은 곳에 살면서, 천하에서 가장 바른 자리에 서며, 천하에서 가장 큰 도를 행한다. 뜻을 얻으면 다른 이들과 함께하고, 뜻을 얻지 못해도 혼자서 옳은 길을 간다. 부귀와 음탕함에 빠지지 않고, 가난하고 천해도 마음을 바꾸지 아니하며, 부당한 힘 앞에서도 굴복하지 아니하니 이것이 바로 대장부가 아닌가!"

## 02

공자께서 말씀하셨다. "유익한 세 가지 유형의 벗이 있고 해로운 세 가지 유형의 벗이 있는데, 정직한 벗을 사귀고 진실한 벗을 사귀고 식견이 많은 벗을 사귀면 유익하다. 편벽되고 아첨을 잘하고 말만 잘하면 손해가 된다."

孔子曰 "益者三友　損者三友. 友直　友諒　友多聞
공 자 왈　익 자 삼 우　손 자 삼 우　우 직　우 량　우 다 문

益矣.　友便辟　友善柔　友便佞　損矣." <季氏>
익 의　우 편 벽　우 선 유　우 편 녕　손 의　〈계 씨〉

---

**자구字句 해석**

익자益者 : 유익한 자.　　우友 : 벗, 친구.　　손자損者 : 해로운 자.

직直 : 강직하다, 바르다.　　량諒 : 성실하다, 진실하다.

다문多聞 : 많이 듣다, 박학다식하다.

편벽便辟 : 한쪽으로 치우치다, 남의 비위를 맞추다.

선유善柔 : 남에게 아첨하다.

편녕便佞 : 말주변은 좋으나 마음이 사악하다, 성실하지 못하다.

---

해설

벗 중에 자신에게 보탬이 되고, 손해가 되는 유형을 소개한 글

백록동서원

이다. 이 글에 이어서 〈계씨〉에는 이와 유사한 글귀가 있다. 즉, "좋아하는 일 중에 유익한 것이 셋이고 해로운 것이 셋이다. 예악의 절도 맞추기를 좋아하거나 남의 착한 일을 말하기 좋아하거나 현명한 벗을 많이 갖기 좋아하면 유익하며, 교만한 쾌락을 좋아하거나 안일하게 놀기만을 좋아하거나 주색의 쾌락을 좋아하는 일은 해롭다.[益者三樂 損者三樂 樂節禮樂 樂道人之善 樂多賢友 益矣 樂驕樂 樂佚遊 樂宴樂 損矣]"고 하였다. 조선 후기의 문신이자 학자인 윤휴(1617~1680)는 〈백록동규석의白鹿洞規釋義〉에서 '붕우朋友'에 대한 시를 다음과 같이 소개하고 사귐의 신중함을 경계하였다.

손해 주는 벗은 공경하되 거리를 두고
보탬 되는 친구와 가까이 지내야지
현명하고 덕 있으면 그만이지
빈부 같은 것이야 따져서 무엇하리
군자는 물처럼 담담하여
가면 갈수록 정 더 두터워진다네
소인小人의 입 꿀같이 달지만
눈 깜짝할 사이 원수로 변한다네

# 03

군자가 공경을 잃지 않고 남과의 관계에서 공손하여 예의가 있으면 사해 안이 모두 형제일 것이다.

君子敬而無失　與人恭而有禮　四海之內
군 자 경 이 무 실　여 인 공 이 유 례　사 해 지 내

皆兄弟也. <顔淵>
개 형 제 야　〈 안 연 〉

## 자구字句 해석

경敬 : 공경하다.　　무실無失 : 잃지 않는다.　　예禮 : 예의.

사해四海 : 사방의 바다, 온 세상.　　개皆 : 모두.

해설

이 구절은 공자의 제자인 사마우가 일찍이 행실이 불량한 자기 형 환퇴가 제 명에 죽지 못할 것을 걱정하여 말하기를 "남들은 다 형제가 있는데, 나만 형제가 없구나."라고 하자, 자하가 말하기를 "사람이 죽고 사는 것은 천명에 달려 있고, 부자가 되는 것은 하늘에 달렸다고 하더라. 군자가 몸가짐을 공경히 하여 실수하지 않고, 남을 대해서도 공손하고 예의 바르게 한다면 사해 안에 있는

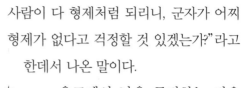
사마우(사마경司馬耕)

사람이 다 형제처럼 되리니, 군자가 어찌 형제가 없다고 걱정할 것 있겠는가?"라고 한데서 나온 말이다.

유교에서 남을 공경하는 것은 선비나 군자가 지켜야 할 큰 미덕으로 삼는다. 그 까닭은 스스로 남을 공경하면 남들도 자신을 공경하기 때문이다. 공경의 표시는 예의를 갖추는 데서부터 비롯된다. 서로 예의를 갖추면 천하의 사람들과 형제처럼 지낼 수 있다고 강조하는 것이다. 그러나 예의를 갖추면서도 서로 뜻과 의리가 맞아야 진정으로 사귈 수가 있다.

《안씨가훈顏氏家訓》에는 "사해四海의 사람과 형제를 맺는다는 것이 어찌 쉬운 일이겠는가? 반드시 뜻이 같고 의가 대등하여 끝이 처음과 같을 수 있어야 비로소 이를 의논하여 결정할 수 있다."고 하였다.

중국 《삼국지》에 나오는 유비, 관우, 장비는 난세에 세상을 구하겠다는 뜻을 가지고 복숭아꽃이 활짝 피어 있는 동산에서 의형제를 맺었는데 이를 '도원결의桃園結義'라고 한다. 그리하여 그들은 결국 한 나라를 중건하기에 이르렀다.

이처럼 뜻과 의리가 맞으면 같은 핏줄이 아니더라도 친형제보다 더 친하게 지낼 수 있다. 《주역》에는 "두 사람이 마음을 같이하면 무쇠도 자를 수 있고, 같은 마음에서 나오는 말은 난초의 향이 난다."는 말이 있는데, 그와 같은 경우를 두고 한 말이다.

# 04

훌륭한 사람[君子]은 어진 이를 존중하고 많은 사람들을 포용하며, 선한 이를 아름답게 칭찬하고 능력이 모자란 자는 불쌍히 여겨 돌봐주라.

## 君子尊賢而容衆 嘉善而矜不能 <子張>
군 자 존 현 이 용 중  가 선 이 긍 불 능  〈 자 장 〉

**자구字句 해석**

존현尊賢 : 어진 이를 존중하다.    용중容衆 : 많은 사람을 포용하다.

가선嘉善 : 우수하고 능력 있는 사람을 칭찬하다. 가嘉는 칭찬하다, 좋아하다, 아름답다.

긍矜 : 연민하다, 동정하고 가련하게 여기다.

### 해설

이 구절은 자하의 문인이 자장에게 사람을 교제하는 방도를 물으니, 자장이 되묻기를 "자하는 뭐라고 하던가?" 대답하기를 "자하께서 말씀하기를, 옳은 사람과 교제하고 옳지 못한 사람은 거절하라고 하였습니다."

자장이 말하기를 "내가 들은 바와는 다르다. '훌륭한 사람[君子]은 어진 이를 존중하면서 많은 사람들을 포용하며, 선한 이를 아름답게 칭찬하고 능력이 모자란 자는 불쌍히 여겨 돌봐주라.' 하였는데, 내가 아주 훌륭한 이라면 사람들에 대하여 어떤 이를 용납하지 않을 것이며, 내가 훌륭하지 못하면 사람들이 장차 나를 거절할 터인데 어떻게 사람들을 거절할 수가 있겠는가?" 하였다.

이에 대해 주자는 "처음 배우는 자는 마땅히 자하의 말과 같이 하고, 덕을 이루고자 하는 자는 마땅히 자장의 말과 같이 해야 한다."라고 하였고, 포일包日은 "벗을 사귈 때는 마땅히 자하와 같이 하고, 널리 뭇 사람과 사귈 때는 마땅히 자장과 같이 해야 한다."라고 하였다.

친구를 돌봐주는 일과 관련된 고사 하나를 소개하겠다.

중국 한나라 때 순거백이라는 서생이 있었다. 그는 중병에 걸려 있는 친구를 방문한 적이 있었다. 그때 마침 강도들이 재물을 털어가려고 친구의 동네를 습격해 왔다. 동네 사람들은 무서워서 거의 도망가 버렸다. 병에 걸린 친구는 순거백에게 "지금 우리가 매우 위험한 상황에 처해 있으니 너부터 빨리 도피하라."고 권유했다. 순거백은 친구의 말을 거부했다. 순거백은 "나는 너를 보살피기 위하여 너의 집을 방문하였다. 어떻게 내가 중병에 걸려 있는 너를 그대로 두고 도피할 수 있단 말이냐? 나는 절대로 그렇게 할 수 없다."고 친구에게 말했다.

그리고는 순거백이 대문을 열고 집 밖으로 나가서 강도들에게 "내 친구의 병이 매우 위중하니 너희들은 나의 친구를 다치게 하지 말라! 그 대신 나는 어떻게 해도 상관없다."고 말했다. 그의 솔직한 마음과 진실한 우정과 생사를 두려워하지 않는 대범함에 강도들도 마침내 감동하고 말았다.

강도의 두목은 순거백에게 "우리들은 모두 의롭지 못한 자들이다. 너희들처럼 바른 사람들이 사는 이 동네에 들어와 재물을 털어간다는 것은 심히 불공평하다."고 말하고, 도적들에게 동네 사람을 해치지 말고 또 재물도 갈취하지 말라며 되돌아갔다.

결국 순거백의 진실어린 우정과 바른 마음 덕분에 동네 사람들과 친구의 생명이 온전할 수 있었다. 만약 그날 순거백이 친구를 돌보지 않고 자기만 살고자 강도들을 피해 도망갔더라면 어떤 결과가 발생했을지는 아무도 모르는 일이다. 아마도 강도들은 함부로 동네 사람을 죽이고 재물을 갈취했을 것이다. 이와 같은 순거백의 우정은 '거백청대巨伯請代'라는 고사로 후세에 전해지게 되었다.

# 05

공자가 말씀하셨다. "안평중은 남과 잘 사귀었다. 오래 사귀면서도 상대방을 존경했다."

子曰 "晏平仲 善與人交 久而敬之." 〈公冶長〉
자 왈 　 안 평 중 　 선 여 인 교 　 구 이 경 지 　 〈 공 야 장 〉

**자구字句 해석**

안평중晏平仲 : 안영晏嬰(BC 578~BC 500) 중국 춘추 시대 제나라의
　　　　　　　 명재상. 자는 중仲, 시호는 평平. 안약晏弱의 아들로,
　　　　　　　 제나라 이유夷維 사람이다.
선善 : 착하다, 잘하다. 　　 인교人交 : 남과 사귐.
구久 : 오래되다. 　　 경敬 : 공경하다, 존경하다.

해설

안평중은 안영 혹은 안자라고도 한다. 제나라에서 3대 임금을 모신 명재상이기도 하다. 안영의 외모는 보잘 것이 없었는데 그의 키는 다섯 자가 되지 않는 단신(약 140센티미터)이었으나 학식이 깊고 항상 남을 포용하고 나라를 위하여 직언을 잘하였다.

　그가 재상으로 있을 때에 북곽소라는 사람이 있었다. 그는 사냥 그물을 짜고 짚신을 삼아 어머니를 힘껏 봉양했지만 항상 힘에 부

안영(안자룡子)

첬다. 어느 날 그는 안영을 찾아가 이렇게 말했다.

"저는 선생님의 인자함과 의로움을 항상 흠모해 왔습니다. 제 어머니를 봉양하기 어려워서 부득불 도움을 청합니다."

안영은 그의 간곡한 효심에 감동받아 무상으로 돈과 양곡을 주었다. 그러나 북곽소는 돈은 사양하고 양곡만 챙겨갔다. 얼마 후, 안영은 임금인 경공에게 너무나도 바른 직언을 올리다가 도리어 의심을 받게 되어 조정을 떠나기로 마음먹었다. 북곽소의 집 앞을 지나면서 안영은 그에게 작별 인사를 했다. 북곽소는 목욕하고 옷을 갈아입고는 안영에게 정중히 물었다.

"선생께서는 어디로 가시는 길입니까?"

"임금께 의심을 받아 조정에서 떠나네."

북곽소는 별다른 반응을 보이지 않고 단지 "알아서 잘 처신하시겠지요."라고 말했다. 안영은 마차에 오르고서 길게 탄식하며 말했다.

"내가 조정에서 떠나게 되는 것은 자업자득이다. 그러나 내가 떠난다는데도 그는 별로 아쉬워하지 않으니 내가 그 사람을 잘못 보았나! 그렇다고 누구를 원망할 수 있으랴."

안영이 떠나자마자 북곽소는 즉시 움직이기 시작했다. 그는 친구를 찾아가 말했다.

"나는 안영의 인자함과 의로움을 존경해서 일찍이 그에게 어머님께 드릴 양식을 얻은 적이 있네. 자기 부모를 모실 수 있게 해준 사람을 위해서라면 어떤 위험도 대신 져야만 한다고 하지. 지금 안영이 임금께 의심을 받는다고 하니 마땅히 내 생명을 걸고 옹호해 드려야겠네."

북곽소는 의관을 단정히 하고 친구에게 보검과 대나무 광주리를 들게 한 뒤, 친구를 앞장세워 궁궐로 가서 임금에게 소식을 전하는 신하에게 간곡히 말했다.

"안영은 천하에 이름난 현자입니다. 지금 임금님의 의심을 받아 제나라를 떠나려 하는데, 그렇게 되면 제나라는 큰 손해를 입고 말 겁니다. 원컨대 제 머리를 베어 안영의 결백함을 임금님께 입증하고자 합니다."

그는 이어서 친구에게 말했다.

"내 머리를 베어 광주리에 담아 임금님께 올리게. 그리고 내 청을 말씀드리게나."

북곽소는 말을 마치자마자 즉시 칼을 뽑아 자신의 목을 베었다. 친구는 북곽소의 목을 광주리에 담아 신하에게 말했다.

"이 사람은 북곽 선생으로서 나라를 위해 목숨을 바쳤습니다. 이제는 제가 이 사람을 위해 죽고자 합니다."

그도 말을 마친 다음, 칼로 자신의 목을 베었다.

이 소식을 전해 듣고 크게 놀란 경공은 친히 마차를 타고 안영을 좇아, 교외에서 겨우 안영을 만나 다시 돌아오기를 청했다. 안영은 별 수 없이 경공과 함께 도읍으로 돌아왔다. 나중에 북곽소가 생명을 바쳐 자신의 결백을 밝혀준 이야기를 전해 듣고서 안영은 몇 번이나 탄식하고 반성하면서 이렇게 말했다.

"아! 내가 훌륭한 사람을 알아보지 못하고 오해할 뻔했구나!"

안영과 북곽소의 사귐은 서로를 가슴속 깊이 존중하는 가운데서 이뤄진 것이다. 때문에 후세인들은 안영을 남과 잘 사귀고 상대방을 존경했다는 평을 하게 된 것이다.

# 06

군자는 학문을 통해서 벗을 사귀고, 벗을 통해서 자신의 인덕을 돕는다.

## 曾子曰 "君子以文會友 以友輔仁." 〈顔淵〉
증자왈  군자이문회우  이우보인    〈안 연〉

---

**자구字句 해석**

증자曾子 : 공자의 제자.    이문以文 : 학문으로써.

회우會友 : 벗을 모으다, 벗을 사귀다.    보인輔仁 : 인을 돕는다.

---

### 해설

학문으로 벗을 모은다는 것은 비단 벗을 초청하여 불러 모으는 것을 이르는 말이 아니라 학문을 통하여 서로 소통한다는 의미가 강하고, 벗을 통하여 인을 돕는다는 것은 벗을 통해서 자신의 인격을 수양한다는 뜻이다.

《논어집주》에는 "학문을 익혀서 벗을 모으면 도가 더욱 밝아지고, 선을 취하여 인을 도우면 덕이 날로 진전된다."라고 소개했다.

고려 학자인 이곡은 〈의재기義財記〉에서 벗끼리 인을 돕는 것에 대해 다음과 같이 말했다. "사람의 기본 윤리에 다섯 가지가 있는데, 성인이 차례를 매긴 그 조목을 보면 먼저 임금과 신하에 대해 말하고, 아버지와 아들에 대해 말하고, 부부와 형제에 대해 말한 다음에 맨 마지막으로 벗에 대해 언급하였다. 그러고 보면 벗은 위의 네 가지 관계에 비해 형세상으로는 뒤처지는 것 같기도 하지만, 실제로 그 쓰임에 있어서는 앞선다고 할 것이다. 왜냐하면 서로 선행을 권하고 격려하며 벗을 통해 인덕을 돕게 하고 인륜을 아름답게 이룰 수 있게 하는 것은 모두가 벗의 힘이기 때문이다."

이황李滉

　조선의 퇴계 이황(1501~1570)과 고봉 기대승(1527~1572)은 26세의 나이 차이와 직위를 잊고 사단칠정론四端七情論에 관하여 13년간 114통의 편지를 주고받으며 서로의 학문을 토론하고 '이문회우'의 관계를 맺었다. 또 고봉은 퇴계를 존경하여 자신의 문집 묘비문에 "산도 오래되면 무너져 내리고 돌도 삭아 부스러질 수 있지만 선생의 이름은 천지와 더불어 영원하리란 것을 나는 안다.[山可夷 石可朽 吾知先生之名 與天地而竝久]"라고 적었다. 서로 학문을 통하여 사귀고 인격을 도야하여 그들의 미담이 역사에 전해진다.

　이에 반해 벗끼리 서로 책을 빌려주기도 꺼리는 관계도 있었다. 조선조의 실학자 박지원의 《연암집》 중 〈어떤 이에게 보냄〉이란 글에 다음과 같은 대목이 있다.

"그대는 고서古書를 많이 쌓아 놓고 절대로 남에게 빌려주지 않으니, 어찌 그리 빗나간 짓을 하오. ……지금 천하의 고서를 사사로이 소장하고서 남에게 빌려주는 선행을 하지 아니하며, 교만하고 인색한 마음을 품고서 이를 후세에 계승하려고 하니 너무도 불가한 일이 아니겠소? '군자는 글로써 벗을 모으고. 벗으로서 인을 보완해 나가는 법' 이니 그대가 만약 인을 구한다면 천 상자의 서적을 친구들과 함께 보아서 닳아 없어지게 하는 것이 옳은 일이오. 그런데도 지금 책들을 묶어서 높은 누각에 방치해 두고 구구하게 후손에게 전해 줄 생각만 한단 말이오?"

벗은 소중하여 인생에 없어서는 안 될 존재이며 서로 돕고 항상 아끼는 마음으로 사귀어야 한다. 조선조의 문인 계곡 장유는 〈낙전, 분서, 중문 등 세 군자가 방문해 준 것을 감사한 시〉를 다음과 같이 읊고 있다.


벗은 학문을 통해 만나야 하고
뜻은 시를 통해 표현하는 법이라네
세 가지 보탬주는 지음知音 벗들이
영광스럽게 모두 와주셨구려
같은 하늘과 땅 사이에 살면서
늘 이별한 채 만나기 어려웠던지
시를 해설하며 서로 함박웃음 짓고

바둑 두느라 배고픔도 잊었다네
이제 서로들 바라보니 늙은 벗들
지나간 자취를 생각하니 문득 비애에 젖었다네.
소슬한 이 가을철 흥취 저절로 일어나고
다시 만날 때까지 몸조리들 잘하시게나

# 07

어느 나라에 살든 그 나라의 대부大夫 중에 현명한 사람을 섬기며, 그 나라의 선비 중에 어진 사람을 벗으로 삼아야 한다.

居是邦也　事其大夫之賢者
거 시 방 야　사 기 대 부 지 현 자

友其士之仁者 〈衛靈公〉
우 기 사 지 인 자 〈 위 영 공 〉

---

**자구字句 해석**

방邦 : 나라.　　사士 : 선비.

대부大夫 : 고대의 상류 계층, 정치에 직접 참여하는 벼슬아치.

---

**해설**

이 구절은 자공이 공자에게 인仁을 물으니 "장인이 자신의 일을 잘하려면 반드시 먼저 연장을 예리하게 만들어야 한다."고 대답하여 나온 말이다. 자공은 자기보다 못한 사람을 좋아했기 때문에 공자가 충

자공子貢

《공자가어孔子家語》

고한 말이다. 여기서 현명하다는 것은 일에 관한 말이고, 인仁이란 덕德에 관한 말이다. 공자도 평소 "널리 사람들을 사랑하되 특히 인자를 가까이 해야 한다."라고 하였고, 또 "도가 있는 이를 찾아가서 바로잡아야 한다."고 하였으며 "선비 가운데 인자와 벗해야 하고, 대부 가운데 현자를 섬겨야 한다."고 가르쳤다.

《공자가어孔子家語》에는 다음과 같은 글이 있다.

"착한 사람과 함께 지내는 것은 난초 향기 그윽한 방 안에 들어가는 것과 같으니, 오래 있다 보면 난초 향기가 나지 않는 것은 바로 자기 자신이 그 향기와 동화되었기 때문이다. 악한 사람과 함께 지내는 것은 생선 가게에 들어가는 것과 같으니, 오래 있다 보면 그 악취가 나지 않는 것은 또한 자기 자신이 그 악취와 동화되었기 때문이다."

사람은 자신이 섬길 이와 사귀는 벗을 잘 선택해야 하는데, 조선 인조 때의 학자이자 문신인 신흠申欽(1566~1628)은 사귐을 가리는 글이란 뜻의 〈백교편擇交篇〉에서 다음과 같이 사귐의 중요성을 강조하였다.

"북산에서 나는 나무가 비록 아름답지만 궁궐은 짓는 데에 쓰자면 반드시 자르고 다듬어야 되고, 곤륜산에서 나는 옥이 비록 아름답지만 고대 제후들이 갖는 인장印章으로, 좋은 구슬로 만들 환규桓圭와 곡벽穀璧에 쓰자면 반드시 쪼고 갈아야 된다. 사람의 자질도 비록 아름답게 타고났지만 활용해서 학식을 넓히고 공명을 이루고자 하면 반드시 벗이 도와주어야 된다. 벗이 어질지 못하면 자못 서툰 목수가 재목을 다듬고 용렬한 장인이 옥을 다듬는 것과 같으므로 필연코 이루어지지 않을 것이다. 수많은 인파 속에 놀면서 제일가는 사람과 벗을 삼지 못하면 선비가 아니다. 자신이 제일가는 사람이 된 다음에 제일가는 사람이 찾아오는 법이므로, 제일가는 사람과 벗을 삼고자 한다면 먼저 자신이 제일가는 사람이 되어야 한다. 제일이라 하는 것도 한 가지가 아니다. 문장의 분야에서 제일가는 것도 제일이고, 재주 중에서 제일가는 것도 제일이고, 기술의 분야에서 제일가는 것도 제일이고, 풍채 중에서 제일가는 것도 제일이고, 말을 제일 잘하는 것도 제일이니, 제일인 것은 마찬가지지만 모두 내가 말하는 제일은 아니다. 내가 말하는 제일은 오직 덕德이 제일가는 것과 학문이 제일가는 것이다.”

## 08

공자께서 말씀하셨다. "주공과 같은 뛰어난 재능이라도 만약 교만하고 인색하다면 그 나머지는 볼 것이 없다."

子曰 "如有周公之才之美 使驕且吝
자 왈　여 유 주 공 지 재 지 미　사 교 차 린

其餘不足觀也已." <泰伯>
기 여 부 족 관 야 이　　〈태 백〉

---

### 자구字句 해석

여如 : 비교의 의미로 ~와 같다.

주공周公(?~?) : 주나라의 정치가. 문왕文王의 아들이며 무왕武王의
　　　　　　 아우로, 이름은 단旦이다. 공자가 이상으로 생각하
　　　　　　 는 성인군자.

재지미才之美 : 지능과 기예의 아름다움.　　사使 : 만약, 가령.

교驕 ; 교만하다, 자랑하고 으스대다.

린吝 : 인색하다, 아랫사람의 공을 칭찬하고 포상하는 것에 인색한
　　　 것을 말한다.

차且 : 또, ~한 위에 더해, ~하면서 ~하다는 의미의 접속사.

## 해 설

주공은 주나라를 창건한 무왕의 동생으로 무왕 생전에 그의 권력 강화를 도왔고, 무왕이 죽자 그의 어린 아들 성왕을 보좌하여 주나라를 튼튼한 기반 위에 올려 놓은 인물이다. 그는 재임 기간 중에 사방의 반란을 토벌하고 전대 왕조인 은나라의 행정 조직을 개편했다. 또한 주공은 인재를 소중하게 여겨

주공周公

손님이 오면 음식을 먹다가도 뱉고서 맞이하였는데, 이를 '주공토포周公吐哺'라고 한다. 그리하여 천하의 마음이 그에게 돌아갔고, 후대 중국 왕조들은 그를 대신大臣의 모범이 삼았다. 이러한 주공을 공자는 대단히 숭배하여 한때는 "오랫동안 주공을 꿈에서 뵙지 못한 것을 보니 정말로 내가 허약해지고 늙은 것 같다."라고 토로한 적이 있었다.

정자는 "주공의 덕이 있으면 자연히 교만함과 인색함이 없겠지만, 만약 그저 주공과 같은 재능만 있고 교만하고 인색하다면 또한 족히 볼 것이 없는 것이다." 또 말하길 "교만은 기운이 차 있고 인색은 기운이 부족한 것으로 그 형세가 서로 연관된다. 교만은 인색함의 지엽이고, 인색은 교만함의 근본이다. 그러므로 일찍이

항우項羽

천하 사람으로 징험(경험에 비추어 앎)해 보니, 교만하고서 인색하지 않은 자가 없고, 인색하고서 교만하지 않는 자가 없었다."라고 하였다.

실례로 인색하고 교만한 인물로 중국 진秦나라 말기에, 힘은 산을 뽑고 기상은 세상을 덮는다는 '역발산기개세 力拔山氣蓋世'의 천하장사 항우項羽(BC 232~BC 202)가 그러하다. 그는 진나라의 전쟁에서 연전연승을 거두며 의기 당당하게 진나라의 수도 함양을 함락시키고 불태워버렸다. 문제는 그 후로, 함양이라는 천하의 요충지를 도읍으로 삼지 않고 고향으로 돌아가서 자랑할 교만한 생각만 하였다. 그는 "부귀한 신분이 되었는데도 고향에 돌아가지 않는다면, 이는 비단옷을 몸에 걸치고서 밤에 돌아다니는 것과 같다."고 말하고 고향으로 금의환향해 버렸다.

또한 그는 평소 부하들을 아꼈지만 막상 부하가 공을 세워 벼슬을 내릴 때가 되면 서류에 찍을 직인이 다 닳도록 만지작거리기만 하며 차마 내주지 못할 정도로 인색하였다. 결국 항우는 유방에게 패하여 중국 천하를 내주고 말았다. 아무리 큰 재능과 무력을 지니고 있어도 교만하고 인색하면 쓸모가 없게 된다는 전형적인 사례이다.

# 09

충성과 신의를 위주로 하며, 나보다 못한 사람을 사귀지 말며, 허물이 있으면 고치기를 꺼리지 말라.

主忠信 毋友不如己者 過則勿憚改 〈學而〉
주 충 신  무 우 불 여 기 자  과 즉 물 탄 개 〈 학 이 〉

---

**자구字句 해석**

충신忠信 : 충성과 신의.   무毋 : 무無자와 통한다. ~못하다, ~없다.
불여不如 : ~같지 못하다.   과過 : 허물.
물탄개勿憚改 : 고치기를 꺼리지 않는다.

---

해설

충성과 신의를 위주로 한다는 것에 대해 조선 후기의 학자 윤증 (1629~1714)의《명재유고明齋遺稿》에는 다음과 같이 설명하고 있다. "무엇을 가지고 학문이 성실하지 못하다고 하는지 말씀드리겠습니다. 공자가 '충성과 신의를 위주로 한다.[主忠信]'라고 하였는데, 주자는 해석하기를 '사람이 충성과 신의가 없으면 모든 일이 진실하지 못하여 악을 행하기는 쉽고 선을 행하기는 어렵게 된다. 그러므로 배우는 자는 반드시 여기에 주안점을 두는 것이다.' 하고, 또 말하기를 '충忠은 실심實心이고 신信은 실사實事이다.' 라고

주돈이周敦頤

하였습니다. 율곡 이이 선생이 이것을 인용하여 거듭 말하기를 '사람에게 실심이 없으면 천리에 어그러지게 된다. 한 마음이 진실하지 못하면 만사가 모두 거짓되고, 한 마음이 진실하면 만사가 모두 진실하게 된다. 그러므로 주돈이(1017~1073)가 성실함은 성인聖人의 근본이라고 한 것이다.' 라고 하였습니다."

나보다 못한 사람을 사귀지 말라는 뜻은 단순히 학문이나 재능이 나보다 못한 사람을 지적하는 것이 아니다. 공자는 "세 사람이 길을 걸을 때는 반드시 여기 내 스승이 있으니 그 가운데 좋은 점을 골라서 따르고, 좋지 못한 점은 가려내어 내 잘못을 고친다."와 "어진 이를 보면 그와 같아지기를 바라고, 어질지 못한 이를 보면 안으로 스스로를 살핀다."라고 한 점에서 자신보다 못한 사람을 통해서도 충분히 배울 점이 있다고 했다.

그러면 나보다 잘나고 못난 사람의 기준은 어떤 것인가? 그것은 주요하게 효도, 충성, 신용으로 판단한다. 공자의 제자 자하는 "부모를 섬기되 그 힘을 다 기울일 수 있으며, 임금을 섬기되 그 몸을 다 바칠 수 있으며, 벗과 사귀되 말에 신용이 있으면 비록 배우지 않았다 할지라도 나는 반드시 그를 배운 사람이라고 말할 것이다."라고 하였고, 또한 나보다 못한 사람과 사귀지 말라는 뜻은 "추구하는 도나 목표가 다르면 서로 일을 도모할 수 없다."는 것에 가깝다. "허물이 있으면 고치기를 꺼리지 마라."는 뜻에 대해 정자는 "학문하는 방도는 다른 것이 없다. 그 착하지 못한 것을 알았으면 속히 고쳐서 선을 따르는 것일 뿐이다."라고 해설했다.

조선의 학자 김세필(1473~1533)은 "사람은 허물이 없을 수 없습니다. 그러나 허물이 있다는 것을 알면 속히 깨닫고 고치는 데에 용감하면 충후忠厚한 군자가 되는 것입니다. 만약 허물을 고치는 데에 인색하여 선한 데로 옮기지 아니하면, 마침내 자포자기하는 지경에 이르게 됩니다. 이런 까닭에 공자께서는 허물이 있으면 고치기를 꺼리지 말고, 또 허물이 있어도 고치지 아니하면 이것이 허물이라고 하셨습니다."라고 하였다.

자신의 잘못을 알고 개과천선한 사례로 중국 진晉나라의 주처 (236~297)를 들 수 있다. 그는 어렸을 때 아버지를 여의고 걸핏하면 이웃을 괴롭히며 방탕한 생활을 했다. 그래서 마을 사람들은 그를 호랑이와 물속에 사는 교룡蛟龍과 더불어 세 가지 해악으로 꼽았다.

주처는 철이 들면서 이웃들이 자신만 보면 피하고 얼굴을 찡그리는 것에 대해 물었다. 그랬더니 이웃 사람들은 솔직하게 말해 주었다. 이에 주처는 이 세 가지 해악을 제거해 버리겠다고 하면서 호랑이와 교룡을 잡아 죽이고, 자신은 정든 고향을 등지고 동오東吳에 가서 대학자 육기와 육운 형제를 만나 자신의 지난 과오를 토로하고 반성하면서 10년간 학문과 덕을 익혀 마침내 유명한 대학자가 되었다.

제5장

지혜로운 처신과
처세의 길

# 01

더불어 말을 해야 할 사람에게 말을 하지 않으면 사람을 잃고, 더불어 말을 해야 하지 않을 사람에게 말을 하면 말만 잃게 된다. 따라서 지혜로운 자는 사람을 잃지도 않고, 또 말을 잃지도 않는다.

可與言而不與之言　失人　不可與言而與之言
가 여 언 이 부 여 지 언　실 인　불 가 여 언 이 여 지 언

失言. 知者不失人　亦不失言. 〈衛靈公〉
실 언　지 자 불 실 인　역 불 실 언　〈 위 령 공 〉

---

**자구字句 해석**

가여언可與言 : 더불어 말할 사람.　　여與 : 더불어.　　언言 : 말.

실인失人 : 사람을 잃다.　　실失 : 잃다.　　지자知者 : 지혜로운 자.

---

해설

《순자荀子》〈권학勸學〉편에는 "더불어 말할 수 없을 때에 말하는 것을 희롱이라 이르고, 더불어 말할 수 있는데 말하지 않는 것은 숨기는 것이라 이르고, 얼굴 기색을 살피지 않고 말하는 것을 소경처럼 분별없다고 이른다. 고로 군자는 희롱하지도 않고 숨기지도 않고, 소경처럼 분별없지도 않고 그 자신을 삼가며 순종하는

것이다."라고 하였다.

사람은 누구나 말할 때와 침묵할 때를 잘 판단하는 것이 중요하다. 조선 인조 때의 학자 신흠은 자신의 문집 〈어묵편語黙篇〉에서 그 중요성을 다음과 같이 강조하고 있다.

"말해야 할 때 침묵을 지키는 것도 그르고, 침묵해야 할 때 말하는 것도 그르다. 반드시 말해야 할 때 말을 하고, 침묵해야 할 때 침묵해야 군자이다. 군자가 침묵할 때는 마치 현묘玄妙한 하늘과 같고 깊은 못과 같고 흙으로 만든 조각상과 같으며, 말을 할 때는 구슬과 옥 같고 혜초와 난초 같고 종과 북 같다. 현묘한 하늘은 바라보아도 그 끝이 보이지 않으며, 깊은 못은 굽어보아도 그 밑이 보이지 않으며, 흙으로 만든 조각상은 대면해도 그 게으른 용모를 볼 수 없다. 구슬과 옥은 임금이 쓰는 면류관의 장식을 할 수 있으며, 혜초와 난초는 향으로 피울 수 있으며, 종과 북은 쳐서 하늘과 땅에 알릴 수 있으니 진귀하고 중요하지 않은가. 마른나무처럼 침묵하고 배우와 같이 말하는 것을 나는 보고 싶지 않다."

말을 잘하고 싶으면 《귀곡자鬼谷子》〈권權〉편을 살펴보면 그 방법을 알 수 있다. 즉, "지혜를 가진 사람과 말할 때는 자신의 박학다식을 드러내야 하고, 우둔한 사람과 말할 때에는 상대가 분별하기 쉽게 해야 하며, 구별을 잘하는 사람과 말할 때는 간단히 핵심을 말해야 하고, 신분이 높은 사람과 말할 때는 기죽지 말고 기세등등해야 하며, 부자와 말할 때는 자신의 고상함을 드러내야 하고, 가난한 사람과 말할 때에는 이득에 근거해 설명해야 하며, 신분이 낮은 사람과 말할 때에는 깔보는 태도가 아니라 겸손한 태도여야 하고, 과실이 있는 사람과 말할 때는 예리한 태도를 유지해야 한다. 이것이 말하는 유세遊說의 기술인데, 사람들은 흔히 그 반대로 행한다. 그래서 지식을 가진 사람과 말할 때에는 그들을 깨우치려 하고, 지식을 가지지 못한 사람과 말할 때에는 그들을 가르치려 든다. 그러나 이렇게 해서는 설득하기가 힘들다. 그러므로 말하는 방식에는 여러 가지 종류가 있고 상황이 다양하게 변화한다. 그래서 하루 종일 말하더라도 실제 정황에 바탕을 두고 적절한 방식을 잃지 않는다면 일이 혼란스럽지 않고, 말하는 방식이 종일토록 사물에 따라 변화하지만 근본적인 뜻을 잃지 않는다. 그러므로 지혜로운 자는 함부로 망령되게 말하지도 행동하지도 않는다. 듣는 것은 명백하게 듣는 것이 중요하고, 지혜는 총명함이 중요하고, 수사적 표현은 현실에 적합한 기발함이 중요하다."

## 02

공자께서 말씀하셨다. "그 사람의 행동을 보고, 그 연유를 보고, 그가 만족해하는 바를 관찰한다면, 사람이 어찌 자기를 숨길 수 있겠는가! 사람이 어찌 자기를 숨길 수 있겠는가!"

子曰 "視其所以  觀其所由  察其所安
자 왈   시 기 소 이   관 기 소 유   찰 기 소 안

人焉廋哉!  人焉廋哉!" ＜爲政＞
인 언 수 재    인 언 수 재    〈 위 정 〉

---

**자구字句 해석**

소이所以 : 행동.    관觀 : 목적을 가지고 살펴보다.

소유所由 : 연유, 말미암다.    찰察 : 관찰하다.

소안所安 : 편안하게 여기는 일, 만족하는 바.

언焉 : 어조사, 어찌.    수廋 : 숨기다.

---

해설

이는 공자께서 사람을 관찰하던 방법이었다. 맹자는 "그 사람의 말을 듣고, 그 사람의 눈동자를 살폈다."고 한다. 공자의 제자 중에 재여라는 사람이 있었다. 그는 평소 말솜씨가 뛰어나 공자의 주목을 받았다. 공자는 그의 말을 듣고 행실을 믿었다. 그런데 하

공자孔子

루는 재여가 한낮에 낮잠을 자고 있는 것을 목격했다. 이에 공자가 말씀하셨다. "썩은 나무는 조각할 수 없고 더러운 흙으로 쌓은 담장은 흙손질을 할 수 없다. 내가 너처럼 게으른 자에게 무슨 말로 꾸짖겠느냐?" 이어서 공자가 말씀하셨다. "처음의 나는 사람에 대해서 그의 말을 듣고 그의 행실을 믿었다. 지금의 나는 사람에 대해서 그의 말을 듣고 그의 행실까지도 살피게 되었다. 재여를 보고서 이렇게 고쳤다."라고 하였다.

사람의 말만 듣고 그 사람을 판단하기는 대단히 어렵다. 《여씨춘추呂氏春秋》에는 '전하는 말을 살핀다.'는 뜻인 〈찰전察傳〉이 있는데 그 내용을 살펴보면 다음과 같다.

"대저 무슨 말을 들으면 그 말을 살피지 않을 수 없다. 말이라는 것은 이 사람과 저 사람에게 전해지고, 저 사람의 입에서 또 다른 사람에게 전해지는 과정에서 흰 것이 검은 것이 되기도 하고 검은 것이 흰 것으로 바뀌기도 한다. ……다른 사람에게 말을 듣고 그 말을 자세히 살피면 그것이 복福이 되기도 하고 자세히 살피지 않으면 듣지 않은 것만 못 하다. 제나라의 환공은 포숙에게서 관자에 대한 말을 듣고, 초나라의 장왕은 심윤서에게서 손숙오에 대한 말을 듣고 자세히 살폈으므로 나중에 제후 중에서 패자霸者가 되었다. 오나라의 군주 부차는 태재비에게서 월나라 군주 구천에 대한 말을 듣고, 지백은 장무에게서 조양자에 대한 말을 듣고 자세히 살피지 않아서 나라가 멸망하고 그 몸은 죽음을 면치 못하게 되었다. 무릇 남에게서 말을 들으면 그에 대해서 자세히 살피고 의논하고 그 사람의 행실을 시험해 볼 필요가 있는 것이다."

# 03

정직으로써 원수를 갚으며 덕으로써 덕을 갚는다.

## 以直報怨 以德報德 <憲問>
이 직 보 원   이 덕 보 덕 〈 헌 문 〉

**자구字句 해석**

이직以直 : 정직으로써.    보원報怨 : 원한을 갚다.

이덕以德 : 덕으로써.    보덕報德 : 덕을 갚는다.

해 설

어떤 사람이 공자에게 다음과 같이 물었다.

"은혜로써 원한을 갚는 것은 어떻습니까?[以德報怨]"

이에 공자는 "정직으로써 원수를 갚으며, 덕으로써 덕을 갚는다."고 답변하신 것이다.

"은혜로써 원한을 갚는다."는 노자가 주장했던 것인데, 공자는 "정직으로 원수를 갚는다."고 다른 견해를 피

노자老子

력하였다. 사람이 신이 아닌 존재라 원한을 은혜로 갚기는 매우 어려운 것이다. 그렇다고 원한을 갚기 위해 구차하고 치사한 방법을 총동원하는 것도 옳지 않다. 때문에 공자는 정직으로써 원한을 갚는다고 주장한 것이다.

중국 춘추전국 시대 진晉나라 출신이며 유명한 협객으로 알려진 예양이란 사람이 있었다. 하루는 예양의 친구가 예양에게 말하길 "그대의 행동은 도저히 이해하기가 어렵소. 그대는 이전에 범씨를 섬겼고, 또 중행씨를 섬겼소. 지씨가 범씨와 중행씨를 전멸시켰는데 당신은 아무런 보복도 하지 않았소. 그런데 나중에 지씨를 섬기다가 지씨가 멸망했는데 이번에는 복수를 하고자 하니 그것은 대체 무슨 까닭입니까?"라고 하였다.

이에 예양은 이렇게 말했다. "그 까닭은 내가 범씨와 중행씨를 섬길 때, 그들은 내가 추위에 떨 때 옷을 주는 일이 없었고, 배가 고파 허기졌을 때 먹을 것을 주는 일이 없었다오. 그리고 그들은 나를 일반인과 다름없이 대우했습니다. 그래서 나도 그들을 보통 사람으로 섬겼던 것입니다. 그러나 지씨의 경우에는 내가 밖으로 외출할 때에는 수레를 마련해 주었고, 집에는 넉넉한 경비를 대주었으며, 많은 사람이 모였을 때에는 나를 특별하게 대우해 주었습니다. 그는 나를 현명하고 어진 선비로 대우해 주었으니 나 또한 한 나라의 현명하고 어진 선비로서 그를 섬겼던 것입니다."

"덕을 덕으로 갚는다."는 사례는 무수하게 많다. 그중 춘추전국 시대 맹상군의 고사는 흥미진진하다. 맹상군은 제나라 위왕의 막내아들로 자신의 문하에 식객 3천여 명을 거느릴 정도로 심지가 깊고 호탕한 인물이었다. 어느 날 식객 중 한 사람이 맹상군을 찾아와서 "당신의 부인과 어떤 식객이 서로 사랑하는 사이가 되었습니다. 그는 의롭지 못한 일을 저질렀으니 죽어 마땅합니다."라고 말했다. 이에 맹상군은 "아름다운 용모를 보고 기뻐하는 것은 사람의 정情입니다. 그의 잘못을 다시 말하지 마시오."라고 잘라 말했다.

몇 년이 흐른 뒤에 맹상군은 자기 부인을 사랑했던 식객에게 이렇게 말했다. "선생은 나의 문하에 식객으로 들어온 지가 오래되었습니다. 그런데 선생은 작은 벼슬에는 만족하지 않고 큰 벼슬은 내가 소개해 줄 수가 없었습니다. 나의 막역한 친구가 위나라의 군주이니 대신 그를 소개해 주겠습니다." 그리고는 위나라까지 타고 갈 수레와 예물까지 마련해 주었다.

맹상군孟嘗君

그 식객은 마침내 위나라에 가서 큰 벼슬을 얻게 되었다. 때마침 당시 위나라와 제나라의 큰 외교 마찰이 있어서 위나라의 군주가 다른 제후국과 연합하여 제나라를 공

격하려고 하였다. 이때 식객이 위나라 군주에게 전대의 제나라와
위나라의 우호관계를 언급하면서 목숨을 내걸고 맹상군의 입장을
대변하여 전쟁을 막을 수가 있었다.

　나중에 제나라 사람들이 그 소식을 듣고 처음의 화가 도리어 복
이 되었다고, 맹상군과 그 식객의 의리와 덕을 칭송하였다. 받은
은덕을 다시 은덕으로 갚은 것이다.

# 04

위태로운 나라에는 들어가지 말고, 혼란한 나라에는 살지 말며, 천하에 도가 행해지면 나가고 도가 없으면 들어가 숨어라.

## 危邦不入　亂邦不居
위 방 불 입　난 방 불 거

## 天下有道則見　無道則隱. <泰伯>
천 하 유 도 즉 현　무 도 즉 은　〈 태 백 〉

**자구字句 해석**

위방危邦: 위태로운 나라.　난방亂邦: 혼란한 나라.

천하天下: 온 세상.　은隱: 숨다.

현見: 드러내다. 현見자는 견見자로 읽을 때는 '보다.' 라는 뜻이다.

해설

이 구절은 공자가 "굳게 믿고 배우기 좋아하며 올바른 도는 죽음으로 지켜라."라고 한 뒤에 나온 말이다. 이 말 뒤에는 "나라에 도가 있으면 가난하고 천하게 사는 것이 부끄러운 것이요, 나라에 도가 행해지지 않는데 부를 누리고 귀하게 살면 부끄러운 것이다."라고 부연하고 있다.

"굳게 믿고 배우기를 좋아하며 올바른 도는 죽음으로 지켜라."

라는 공자의 가르침을 실천한 사람은 역사상 무수하게 많다. 예컨 대 고려에 대한 절의를 지키다가 선죽교에서 격살 당한 포은 정몽 주와 하얼빈 역에서 이토 히로부미를 저격한 안중근 의사 같은 분 들일 것이다.

"천하에 도가 행해지면 나가고 도가 없으면 들어가 숨어라."와 "쓰이면 도를 행하고, 버려지면 물러나 은둔한다."는 공자가 제자 들에게 관리의 도리를 전수하고 처세하는 중요한 원칙이었다.

"나라에 도가 있을 때에는 말과 행동을 준엄하게 하고, 나라에 도가 없을 때에는 행동은 준엄하게 하되 말은 낮춰서 해야 한다." 고 하였다.

평소에도 이러한 도를 실천하는 사람들을 늘 칭찬했다. 즉 위나 라 거백옥을 군자라고 칭찬하면서 "나라에 도가 행해지면 벼슬을 하고, 나라에 도가 행해지지 않으면 자기의 뜻을 거두어서 속에 감추어둘 줄 안다."라고 하였고 "영무자는 나라에 도가 있으면 슬 기로웠고 나라에 도가 없으면 어리석었으니, 그의 슬기로움은 미 칠 수 있거니와 그의 어리석음은 미칠 수 없다."라고 하였다. 한 마디로 개인의 빈천, 영욕과 국가의 흥망성쇠는 서로 밀접한 연관 이 있다는 것이다.

《맹자》에도 이러한 공자의 사상이 전해진다. "옛사람들은 뜻을 얻으면 그 은택이 백성에게 더해지고, 뜻을 얻지 못하면 몸을 닦 아서 세상에 드러나니, 궁핍해지면 곧 홀로 그 몸을 선하게 하고,

출세하면 곧 천하를 한결같이 선하게 만든다."

　위 공자의 구절을 두고 고려 말기의 문신이자 정치인, 유학자인 목은 이색(1328~1396)은 자신의 시집에 다음과 같은 반성의 시를 남겼다.


　　굳게 믿으면 참으로 탄탄대로 가는 격이니
　　배워서 능히 지키는 게 이것이 공부라네
　　들어가거나 사는 것은 나라의 위급함과 어지러움을 분별할 뿐
　　숨거나 나감은 도道의 있고 없음에 따라야 하나니
　　태평성대에 허둥지둥 버린 물건이 되는 자
　　쇠란한 때에 혁혁하게 부귀영달을 누린 자
　　이 두 사람이 바로 나와 같은 자이기에
　　얼굴 붉히며 흐르는 땀을 금할 길이 없다네

## 05

공자가 말씀하셨다. "사람이 멀리 내다보지 않으면 반드시 가까운 데서 근심거리가 생긴다."

子曰 "人無遠慮 必有近憂." <衛靈公>
자 왈　　인 무 원 려　필 유 근 우　　〈위 령 공〉

---
**자구字句 해석**

원려遠慮 : 멀리 생각하다.　필必 : 반드시.　근우近憂 : 가까운 근심.
---

해설

이 구절에 대해 송나라의 문인 소식은 "사람의 발이 밟는 것을 용납하는 곳 외에는 모두 쓸모가 없는 땅이 되지만 버릴 수가 없다. 그러므로 생각이 천 리 밖에 있지 않으면 화가 방석과 바닥에 까는 자리의 아래에 있게 된다."고 주석을 달았다.

《순자》에는 "먼저 할 일을 생각하여 일하고, 먼저 근심할 일을 근심한다. 먼저 할 일을 생각하는 것을 '빠르다.' 라고 말하는데, 빠르게 하면 일이 넉넉하게 이루어지고, 먼저 근심할 것을 생각하여 근심하는 것을 '미리 한다.' 라고 말하는데, 미리 재앙이 발생하지 않는다. 일이 다다른 후에 생각하는 것을 '뒤에 한다.' 라고

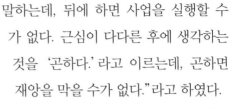

말하는데, 뒤에 하면 사업을 실행할 수가 없다. 근심이 다다른 후에 생각하는 것을 '곤하다.'라고 이르는데, 곤하면 재앙을 막을 수가 없다."라고 하였다.

중국 삼국 시대 조조는 40만 대군을 이끌고 오나라를 침공했다. 오나라 군주 손권은 다급하게 문무백관을 소집하여 조조의 대군을 물리칠 대책을 토론했다. 이때 대장 여몽이 유수구에 독을

조조曹操

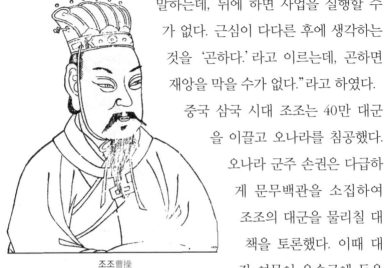

여몽呂蒙

쌓자고 제의하였다. 독이란 강 가운데 성벽을 쌓는 것으로, 수군이 여기에 배를 정박할 수 있고, 성벽 위에서 군사들이 지킬 수 있어 철수와 공격을 동시에 수행할 수 있어 수군과 육군 모두에게 필요한 것이었다.

그러나 많은 사람들이 이를 반대했다. "육지의 적들이 맨발로 배에 올라탈 것인데, 무엇 때문에 독을

쌓습니까?" 여몽이 말했다. "전쟁을 하면 유리할 때도 있고 불리할 때도 있어 승리를 장담할 수 없습니다. 그러나 갑자기 격렬한 전투가 발생하면 보병들은 백병전을 벌이다가 물가에 이르지도 못하는데, 또 어떻게 배에 올라 적을 상대할 수 있겠습니까? 독이 있으면 미리 대오를 정렬하고 적을 상대할 수 있습니다."

손권孫權

손권이 여몽의 말을 듣고는 "사람이 멀리 내다보지 않으면 반드시 가까운 데서 근심거리가 생긴다고 하였다. 여몽의 주장이 멀리 내다보는 계책이다." 그리고 야밤에 수만 명을 보내 유수구에 독을 쌓게 하였다.

조조의 대군이 도착하자 경계병이 이렇게 보고하였다. "멀리서 연안 일대를 살펴보니 깃발은 무수하지만 병사들이 모인 곳이 어디인지 모르겠습니다." 조조는 마음을 놓을 수가 없어서 산에 올라 살펴보니 단지 유수구 독에서 병사들과 선박들이 정박해 있고, 그중 가장 큰 선박에 손권이 좌우에 문무백관을 거느리고 출격할 준비를 하고 있었다.

이 전투는 몇 개월에 걸쳐 양방이 승패를 결정질 수 없었다. 다

음 해 1월에 이르자 봄비가 계속 내리고 항구가 물에 잠기고, 군
사들은 대부분 진흙에 빠지게 되었다. 조조는 매우 걱정하며 철수
를 결정하지 못하고 있었다. 이때 오나라 사신이 화친의 서신을
보내자 조조는 여강태수 주광진에게 환성을 지키게 명하고 자기
는 대군을 이끌고 허창으로 철수했다. 이 모두 여몽이 유수구에
미리 독을 쌓아 방어를 잘했기 때문이다.

## 06

자신을 책망하는데 엄격하고 남을 책망하는데 관대하면 다른 사람의 원망을 받지 않게 될 것이다.

躬自厚而薄責於人　則遠怨矣　<衛靈公>
궁 자 후 이 박 책 어 인　즉 원 원 의　〈위 령 공 〉

> **자구字句 해석**
>
> 궁자躬自 : 자신에 대해서 엄격하게 책망함.
> 후厚 : 두터이 하다.　박책薄責 : 잘못을 가벼이 꾸짖다.
> 원원遠怨 : 원망에서 멀어진다, 원망을 받지 않게 된다.

해설

이 구절에 대해 《논어집주》에는 "자신 꾸짖기를 후하게 하므로 몸이 더욱 닦이고, 남을 꾸짖기를 적게 하므로 사람이 따르기 쉬우니, 이 때문에 사람들은 그를 원망할 수 없는 것이다."라고 설명하였다.

서간(170~217)의 《중론》에는 "대개 남의 잘못을 보면서도 자신의 잘못을 보지 못하는 자를 '소경'이라 하고, 남에 대해서 잘 들으면서 자신에 대해서 듣지 못하는 자를 '귀머거리'라고 하고, 남에 대해서 생각하면서도 자신을 생각하지 못하는 자를 '어둡다.'

여조겸呂祖謙

라고 부른다. 그러므로 눈이 밝음은 스스로 보는 것보다 큰 것이 없고, 귀가 밝음은 자신이 직접 듣는 것보다 큰 것이 없으며, 슬기로움은 자신에 대해 생각하는 것보다 큰 것이 없다."고 하였다.

《심경》의 〈징분질욕장懲忿窒慾章〉에는 "송나라 학자 여조겸(1137~1181)은 젊었을 때에 기질이 거칠고 포악하여 음식이 마음에 들지 않으면 살림살이를 때려 부수곤 하였다. 뒷날 오랫동안 병을 앓으면서 한가할 때에 《논어》를 읽었는데, 〈위령공〉편의 '자신을 책망하는데 엄격하고 남을 책망하는데 관대하면 다른 사람의 원망을 받지 않게 될 것이다.' 라는 구절을 읽고는 문득 깨닫게 되어 그 후부터 종신토록 갑작스럽게 노하는 법이 없었다. 이것은 기질을 변화시키는 법이라고 할 만하다."라고 하였다. 후일 여조겸은 주희, 장식과 함께 중국 동남의 3현으로 일컬어졌으며, 학자들에 의해 동래 선생으로 받들어진 인물이 되었다.

조선의 학자 신흠은 〈검신편〉에서 남과 자신의 허물을 꾸짖는 태도를 다음과 같이 준엄하게 소개하고 있다.

"자기의 허물만 보고 남의 허물은 보지 않는 이는 군자이고, 남의 허물만 보고 자기의 허물은 보지 않는 이는 소인이다. 몸을 참으로 성실하게 살핀다면 자기의 허물이 날마다 앞에 나타날 것인데, 어느 겨를에 남의 허물을 살피겠는가? 남의 허물을 살피는 사람은 자기 몸을 성실하게 살피지 않는 자이다. 자기 허물은 용서하고 남의 허물만 알며 자기 허물은 묵과하고 남의 허물만 들추어내면 이야말로 큰 허물이다. 이 허물을 고칠 수 있는 자라야 비로소 허물이 없는 사람이라 할 수 있다."

# 07

지혜로운 사람은 의혹하지 않고, 어진 사람은 걱정하지 않으며, 용기 있는 사람은 두려워하지 않는다.

## 知者不惑 仁者不虞 勇者不懼 〈子罕〉
지 자 불 혹　인 자 불 우　용 자 불 구　〈 자 한 〉

**자구字句 해석**

지자知者 : 아는 자, 지혜로운 자.　　불혹不惑 : 의혹하지 않는다.

인자仁者 : 어진 사람.　　불우不虞 : 걱정하지 않는다.

용자勇者 : 용기 있는 사람.　　불구不懼 : 두려워하지 않는다.

해 설

《논어》〈헌문〉편에는 이 구절과 유사한 내용이 나온다. 즉 공자께서 말씀하시길 "군자의 도는 세 가지가 있는데 나는 그 가운데 하나도 제대로 실천하지 못하고 있다. 지혜로운 사람은 의혹하지 않고, 어진 사람은 근심하지 않으며, 용기 있는 사람은 두려워하지 않는다."라고 하니, 제자 자공이 말했다. "스승님께서 스스로를 겸손하게 말씀하신 것입니다."

《중용》에는 "지知, 인仁, 용勇을 천하의 모든 일에 통하는 보편적인 도[天下之達道]"라고 규정하고 이것을 하나로 실천할 수 있는 것은 "성실뿐이다."라고 주장하고 있다.

《논어집주》에는 "지혜의 밝음이 사리를 밝힐 수 있기 때문에 의혹하지 않고 천리가 사욕을 이길 수 있기 때문에 근심하지 않고, 기가 도와 의에 합치되기 때문에 두려워하지 않는 것이다."라고 설명하였다.

《논어정의》에는 "군자는 천도를 즐기고 천명을 알기 때문에 근심하지 않고, 사물을 자세히 살펴 명확하게 분별하기 때문에 의혹하지 않으며, 마음을 가라앉히고 공적인 일을 실천하므로 두려워하지 않는다."라고 하였다.

황간(488~545)의 《논어의소》에는 "지혜로운 자는 사물을 잘 분별할 줄 알고 이치에 밝다. 그래서 의혹되지 않는다. 어진 사람은 인을 실천하는데서 편안함을 느끼고 올바른 도리의 실천을 사적인 일보다 먼저 하고, 아무리 어려운 상황에서도 그 즐거워하는 바를 바꾸지 않는다. 그래서 걱정이 없다. 용기가 있는 자는 자신의 행동이 의로운 것을 알기 때문에 아무리 강한 상대와 마주쳐도 두려워하지 않는다."라고 하였다.

황간皇侃

조선 후기의 학자 성대중(1732~1809)은 《청성잡기》에 〈지, 인, 용, 삼달덕三達德을 갖춘 산골 백성〉의 일을 이렇게 적었다.

"산골 백성이 산에 들어갔다가 호랑이를 만나 놀라서 재빠르게 높은 나무로 올라가서 피했다. 그런데 호랑이는 나무 아래에 웅크리고 앉아 떠나지 않았다. 산골 백성은 호랑이의 습성이 겁을 주면 달아나는 것임을 알고 나뭇가지를 꺾어 아래로 던졌는데, 호랑이는 그때마다 그것을 가져다가 깔고 여유만만하게 웅크리고 있었다. 이에 다급한 백성은 곧 옷의 솜을 뽑아서 던졌는데 호랑이는 그것마저 가져다 깔고 앉았다. 이번엔 꾀를 내서 부싯돌을 쳐서 불을 내어 솜에 싸서 호랑이 앞에 던지자, 호랑이는 대번에 가져다가 깔고 앉고는 눈을 부릅뜨고 위를 노려보면서 땅 가득히 침을 흘리니 꼭 잡아먹고야 말겠다는 태도를 보였다. 조금 지나자 조그만 불꽃이 호랑이 꽁무니에서 타올랐고 결국 바람이 일어 호랑이 온몸을 태웠다. 호랑이는 놀라 기겁을 하고 눈도 못 뜬 채 뛰다가 언덕으로 굴러 떨어져 죽고 말았다. 산골 백성이 나무에서 내려와 계곡을 따라가 보니, 백 걸음도 안 되는 곳에 죽은 호랑이가 쓰러져 있었다. 백성은 놀라는 한편 웃으며 이렇게 말하였다. '처음에는 놀라게 해서 쫓아버리려고 했는데, 그 불꽃이 호랑이를 죽게 할 줄은 몰랐다.'"

우리 속담에 "호랑이에게 물려가도 정신만 차리면 산다."는 말이 있다. 아무리 다급한 일에 닥치더라도 허둥대지 않고 정신만

바짝 차리면 일을 해결할 수 있다는 말이다. 마찬가지로 지혜와
어짊, 용기는 꼭 남에게 배워서 성취하는 것은 아니다. 스스로 잘
생각하고 현명하게 판단하며 용기를 내어 실천하면 성취할 수도
있는 것이다.

# 08

여러 사람이 미워해도 반드시 살펴봐야 하고, 여러 사람이 좋아해도 반드시 살펴봐야 한다.

衆惡之 必察焉 衆好之 必察焉 〈衛靈公〉
중오지　필찰언　중호지　필찰언 〈위영공〉

─( 자구字句 해석 )─

중오衆惡 : 여러 사람이 미워하다. 오惡는 미워하다, 악惡으로 읽으
　　　　면 악하다는 뜻.

필必 : 반드시.　　찰察 : 살피다.　　호好 : 좋아하다.

해설

중국 북송 말의 유학자인 양시(1053~1135)는 이 구절을 두고
"오직 어진 사람만이 능히 사람을 좋아
하거나 미워할 수 있으니, 여러 사람이
그를 좋아하거나 미워한다고 해서 살펴
보지 않는다면 혹 사적인 감정에 갇혀질
수 있다."라고 설명했다.

《맹자》에는 "주변에 있는 사람들이 그
를 현명한 사람이라고 칭찬하더라도 아

양시楊時

직 검증할 수 없고, 모든 대부들이 그를 현명하다고 하더라도 아직 검증할 수 없습니다. 나라 안에 있는 사람들이 모두 그를 현명하다고 한 연후에야 자세히 살펴보고, 정말로 현명한지를 확인한 후에야 그를 등용할 수 있습니다."라고 하여, 고대부터 지금까지 인재를 선택하고 등용하는 것이 얼마나 신중을 기해야 하는 일인지를 확인할 수 있다.

또 《맹자》에는 광장이란 인물에 대한 이야기가 전해진다. 즉, 공도자라는 사람이 맹자에게 이렇게 말하였다. "광장은 온 나라가 다 불효자라 하는데 선생님께서 더불어 교유하시고 또 따르고 예우하시니 감히 묻건대 어떤 까닭이 있습니까?"

이에 맹자가 말하였다. "세속에 이른바 불효라고 불리는 것이 다섯이 있으니 첫째는 자신의 사지四肢(사람의 두 팔과 두 다리를 통틀어 이르는 말)를 게을리하여 부모 봉양을 돌보지 아니하는 것이요, 둘째는 장기와 바둑을 두며 술 마시기를 좋아하여 부모 봉양을 돌보지 아니하는 것이요, 셋째는 재물을 좋아하며 처자와의 사사로운 애정에만 빠져 부모 봉양을 돌보지 아니하는 것이요, 넷째는 이목耳目이 하고자 하는 바를 방종해서 부모를 욕되게 하는 것이요, 다섯째는 용맹을 맹목적으로 따라 남과 싸우고 화내어 부모를 위태롭게 하는 것이다."

그리고 맹자가 말하길 "광장이 이 다섯 가지 불효 중에 하나라도 범한 일이 있더냐? 광장은 자식과 아버지가 선을 꾸짖다가 서로 뜻이 합하지 못하였다. 선을 꾸짖는 것은 벗들 사이의 도리이니, 부자가 선을 꾸짖는 것은 은의恩義(갚아야 할 만한 은혜와 의리)를 해롭게 하는 큰일이다."라고 말하였다.

이 말을 이해하기 위해서는 그 전의 사건을 알아야 한다. 즉, 광장의 아버지는 자신의 아내가 말을 잘 안 듣는다고 하여 죽여버린 일이 있었다. 광장은 아버지의 잘못을 지적하고 여러 차례 간절하게 죽은 어머니를 용서하고 좋은 곳에 묻어달라고 아버지에게 애걸하였다. 그러나 아버지는 그의 말을 듣지 않았다. 이에 광장은 스스로를 부끄럽게 여겨 자신도 처자의 봉양을 받을 수 없다고 생각하고 처자를 물리치고 혼자 살았다.

후일 광장의 아버지는 죽고 광장은 전쟁에서 이기고 돌아왔는데, 왕은 광장의 사연을 듣고 그의 어머니를 좋은 곳에 묻어주자고 제의했다. 그러나 광장은 그리하면 죽은 아버지를 속이는 것이라고 생각하고 불응하였다. 이에 속세인들은 그를 불효자라고 생각했지만 맹자는 그가 다섯 가지 불효를 저지른 적이 없으며 그의 본심에는 어진 마음이 있는 까닭에 그를 군자처럼 대접했던 것이다. 이처럼 사람은 겉으로 보인 모습만으로는 판단하기 어렵다. 또한 모든 사람이 자신을 좋아하기란 더욱 어려운 일이다.

《논어》〈자로〉편에는 사람들이 어떤 사람을 좋아하고, 미워하는 것에 대한 귀감으로 삼을 만한 구절이 있다. 즉, 어느 날 자공이 공자에게 이렇게 물었다. "마을 사람들이 그를 모두 좋아하면 어떻습니까?"공자가 말씀하셨다. "아직 안 된다." "마을 사람들이 모두 미워하면 어떻습니까?" "아직 안 된다." "마을 사람들 가운데 선한 사람은 그를 좋아하고, 그 가운데 선하지 못한 사람은 그를 미워하는 것만 못 하다."

　이를 살펴보면 사람들이 모두 좋아하거나 미워하는 자도 없는 사람은 군자가 아니고, 반드시 좋아하는 자도 있고 미워하는 자도 있는 사람이 정상적인 군자라 할 수 있는 것이다. 중요한 것은 그 중에 선한 사람들이 자신을 좋아하게 만드는 것이다.

# 09

공자께서 말씀하셨다. "자기가 모실 귀신이 아닌데도 그를 제사 지내는 것은 아첨이다. 마땅히 해야 할 일을 보고도 하지 않는 것은 용기가 없는 것이다."

子曰 "非其鬼而祭之 諂也.
자 왈　비 기 귀 이 제 지　첨 야

見義不爲　無勇也" <爲政>
견 의 불 위　무 용 야　　〈위 정 〉

---

**자구字句 해석**

기其 : 그, 본문에서는 자기를 뜻함.

귀鬼 : 조상의 영혼 및 기타 혼령, 신령.

제祭 : 제사.　첨諂 : 아첨, 아부.　의義 : 의리, 마땅히 해야 할 바.

---

해 설

《예기》에는 "자기가 제사 지내야 할 대상도 아닌데, 제사 지내는 것을 가리켜 '음사淫祀'라고 한다. 음사를 지내도 복을 받을 수 없다."라고 하였다. 또 "천자라야 천지에 제사할 수 있고, 제후라야 산천에 제사할 수 있고, 그 자손이 되어야 그 아버지와 조부에게 제사할 수 있다."고 하였다.

염유冉有

제사는 마땅히 자신이 지내야 하는 대상이 있다. 막연히 복 받기를 기대하고 자신의 분수에 맞지 않는 귀신에게 제사를 지내는 것은 예법에도 어긋나고 복을 받을 수도 없다. 한 번은 노나라 대부 계씨가 자신의 분수에 맞지 않게 태산에서 제후가 지내는 제사를 지냈다. 공자는 자신의 제자이자 계씨의 가신이 된 염유에게 말했다. "너는 말리지 못하였느냐?" 염유가 대답했다. "못 하였습니다." 이에 공자가 이렇게 말했다. "아! 태산의 신이 설마 예의 본질을 물어본 임방만도 못 하겠는가?" 여기서 공자는 염유가 마땅히 해야 할 일을 보고도 하지 않았다고 나무랐다.

공자는 평소에 "괴이함과 용력勇力과 난리와 귀신에 대해 자주 말씀하지 않았다."고 했다. 하지만 제자들이 자주 귀신을 섬기는 방법을 물어보면 그에 대한 답변을 해준 것이 있다.

한 번은 자로가 공자에게 귀신 섬기는 것을 묻자 공자가 말씀하기를 "사람을 잘 섬기지 못하면서 어떻게 귀신을 섬길 수 있겠는가."라고 하였고, 번지가 지혜로운 행동에 대해서 묻자 공자가 말씀하시길 "백성을 의롭게 만드는데 힘쓰고, 귀신을 공경하면서도 멀리하면 지혜롭다고 할 수 있다."고 하였다.

또 왕손가가 "안방에 있는 귀신에게 잘 보이는 것보다는 차라리 부뚜막 귀신에게 잘 보이라는 말이 있는데 무슨 뜻입니까?"라고 묻자 공자께서 말씀하셨다. "그렇지 않습니다. 하늘에 죄를 지으면 빌 곳이 없습니다."

이와 같이 공자의 제사와 귀신에 대한 생각은 현세 중심적이고, 자신의 분수와 예법에 맞게 적용하기를 주장하였다.

# 10

자공이 공자에게 묻기를 "가난해도 남에게 아첨하는 일이 없고, 부유해도 남에게 교만을 부리는 일이 없으면 어떠합니까?"

공자가 이르기를 "그것도 괜찮지만 가난해도 도를 즐기며, 부유해도 예를 좋아하는 것만은 못 하다."

子貢曰 "貧而無諂 富而無驕 何如?"
자 공 왈     빈 이 무 첨     부 이 무 교     여 하

子曰 "可也 未若貧而樂 富而好禮者也."
자 왈     가 야     미 약 비 이 락     부 이 호 례 자 야

---

**자구字句 해석**

자공子貢 : 공자의 제자로 이름은 단목사이고 자字가 자공이다. 언
변이 뛰어나 외교 방면에서 탁월한 업적을 남기다.

첨諂 : 아첨, 비굴함.     부富 : 부유, 재물이 많음.

교驕 : 교만, 자랑하고 방자함.     미약未若 : ~만 못 하다.

락樂 : 즐기다.     호례好禮 : 예를 좋아하다.

---

해 설

《사기》〈중니제자열전〉에 보면 "자공은 시세를 보아 물건을 매매하여 이익 남기는 것을 좋아하고, 때를 보아서 그때그때 재물을

굴렸다. 그는 남의 장점을 드러내주는 것을 좋아했으나 남의 과실을 숨겨주지도 못했다. 일찍이 노나라와 위나라에서 재상을 지냈고 집안에 천금을 쌓아두었다."고 전한다.

"가난해도 남에게 아첨하는 일이 없고, 부유해도 남에게 교만을 부리는 일이 없으면 어떠합니까?"라는 구절은 아마 자공이 처음에 가난했다가 나중에 부자가 되어 스스로의 행동거지를 공자에게 물어본 것일지도 모른다. 그러나 공자는 "그것도 괜찮지만 가난해도 도를 즐기며, 부유해도 예를 좋아하는 것만은 못 하다."라고 하여 더 좋은 방법을 제시했다. 가난해도 즐긴다는 것은 곧 아무리 곤궁한 생활 속에서도 도를 즐기면서 사는 것을 말한다.

《논어》〈술이〉편에 공자 스스로 "거친 밥을 먹고 물을 마시며 팔을 베고 눕더라도 즐거움이 또한 그 속에 있나니, 의롭지 못하게 얻은 부귀는 나에게 뜬구름과 같다."라는 말이 나오고, 〈헌문〉편에는 "가난하면서 원망하지 않기는 어렵지만, 부유하면서 교만하지 않기는 쉽다."라고 하였다.

중국 원나라의 한 학자는 "천하에 가난한 사람들을 살펴보면 만명 중 원망이 없는 사람은 한둘도 없고, 천하의 부자를 살펴보면 열명 중에 모름지기 교만하지 않은 사람이 한둘은 있다. 이것을 미뤄볼 때에 족히 원망이 없기는 어렵고 교만함이 없기는 쉽다."라고 하였다.

《관자》〈목민〉편에도 "곳집이 가득 차면 예절을 알게 되고, 의식이 풍족하면 영욕을 알게 된다."고 하였다. 보통 가난한 사람들은 자기 신세타령과 부자를 원망하고, 부자가 되면 교만하기 쉽다. 하지만 부자가 되어도 교만하지 않고 예의를 차릴 줄 안다면 다른 사람에게 원망을 받지 않을 것이다. 더욱이 가난해도 아첨하지 않고 도를 즐길 줄 아는 사람은 더욱 대단한 사람인 것이다.

공자의 제자 중에서 가난해도 도를 즐겼던 사람은 안회를 들 수

안회顔回

있다. 《논어》〈옹야〉편에는 공자가 "우리 안회는 어질기도 하도다. 한 그릇의 밥과 표주박 물 한 모음으로 누추한 거리에 사는 사람들은 그 생활을 견뎌내지 못하는데, 우리 안회는 그 즐거움을 바꾸지 않으니 참으로 어질도다, 우리 안회여!"라고 칭찬한 말이 실려 있다.

중국 청나라 때 왕지부의 《언행휘찬》에는 다음과 말이 나온다. "가난은 부끄러울 것이 없다. 부끄러운 것은 가난하면서도 뜻이 없는 것이다. 천함은 미워할 만한 것이 못 된다. 미워할 만한 것은 천하면서도 무능한 것이다. 늙는 것은 탄식할 일이 아니다. 탄식할 일은 늙어서 부끄러움을 모르는 것이다. 죽는 것이야 슬퍼할 것이 못 된다. 슬퍼할 것은 죽은 뒤에 아무 일컬음이 없는 것이다."

공자의 초상화

# 제6장

# 바른 정치의 길

# 01

공자께서 말씀하셨다. "천승의 큰 나라를 다스리는 때에는 모든 일을 경건하게 하고 믿음을 주고, 쓰임을 절도 있게 하며 사람을 사랑하고, 때를 생각하여 백성을 부리는 것이다."

子曰 "道千乘之國 敬事而信
자 왈　도 천 승 지 국　경 사 이 신

節用而愛人 使民以時." <學而>
절 용 이 애 인　사 민 이 시　〈 학 이 〉

---

**자구字句 해석**

도道 : 길, 여기서는 다스리다는 뜻으로 쓰임.

천승지국千乘之國 : 수레 1천 대를 동원할 수 있는 큰 나라로 제후국을 말함. 승乘은 수레를 세는 단위. 만승萬乘의 나라는 천자국.

경사敬事 : 일에 임하여 경건하게 하다.　신信 : 믿음.

절용節用 : 절도 있게 쓰다.　애인愛人 : 사람을 사랑하다.

사민使民 : 백성을 부리다.　시時 : 때.

---

해설

이 구절에서 나라를 다스리는 요체를 '공경恭敬, 신용信用, 절용

節用, 애인愛人, 사민使民' 등 다섯 가지로 설명하였다. 그중에서 공경이 가장 먼저 나오는데 이에 대해 주자는 이렇게 설명하였다. "공경이란 것은 마음을 하나로 통일해서 다른 잡념이 없게 하는 것을 말한다." "모든 일을 경건하게 하고 믿음을 준다."는 뜻에 대해 중국 북송 말의 유학자인 양시는 "윗사람이 공경하지 않으면 아랫사람들이 태만하고 윗사람이 믿음을 주지 않으면 아랫사람들이 의심하니, 아랫사람들이 태만하고 의심하면 일이 성립되지 못한다. 일을 공경하게 하고 믿음을 준다는 것은 자신이 솔선수범을 보이는 것이다."라고 하여 신용도 공경과 더불어 중요한 정치술이라고 설명하였다.

"쓰임을 절도 있게 하며 사람을 사랑한다."에 대해서도 양시는 "쓰기를 사치하게 되면 재물이 손상되어 반드시 백성을 해치게 된다. 때문에 백성을 사랑함은 반드시 먼저 쓰임을 절도 있게 하여야 한다."

또 "때를 생각하여 백성을 부리는 것이다."에 대해서도 "백성을 부리기를 농한기에 하지 않는다면 농업에 힘쓰는 자들이 스스로 다할 수가 없어서 윗사람이 비록 사람을 사랑하는 마음을 가지고 있더라도 사람들이 그 혜택을 입지 못할 것이다."라고 하였다.

실제로 양시는 언행이 일치되는 사람으로 알려진다. 그는 1094년에 유양의 수령으로 부임했는데, 그 다음 해 여름에 큰 가뭄이 들어 가을에 곡식을 수확할 수 없게 되자 백성이 사방으로 뿔뿔이

흩어져 걸인생활을 하고 있었다. 이때 양시는 조정에 상소를 올려 현지 가뭄의 정황과 백성들의 현실을 적나라하게 밝혀 조정에서 구황 식량 3천 석을 얻어 신속하게 재난을 당한 백성들을 구했다. 그런 후 1106년 권신 채경이 절강 여항현의 지현이 되었을 때 '대민봉사'를 핑계로 백성들을 자기 어머니 무덤 가꾸는데 동원하니, 양시가 즉각 제지하고 채경의 전횡과 죄상을 조정에 폭로하였다.

또한 채경과 간신배 등이 송나라 휘종의 사치스런 생활을 방조하기 위해서 기이한 보물과 용덕궁을 새로 건설하기 위해 2만 4천여 척의 배를 동원하여 각종 기이한 꽃과 돌을 백성들에게 운반하게 하고 그 경비를 조달토록 하였다. 이에 양시는 조정에 "덕으로써 정치를 하고 쓰임을 절도 있게 하며 백성을 사랑해야 한다."는 내용의 간곡한 상소문을 올려 백성들의 동원과 세금 부과에 대해 반대하였다.

《한비자》〈외저설〉에도 신용에 관한 다음과 같은 내용이 전해진다. "진晉나라 문공이 원나라 공격 기한을 열흘로 정하고, 열흘간의 양식만을 준비한 후 부하들과 원정에 나섰다. 그러나 원나라를 공격한 지 열흘이 지났는데도 성을 함락시키지 못했다. 문공은 약속 기한이 이미 지났다고 철수를 명령하였다. 이때 원나라에 첩자로 가 있던 자가 돌아와서 이렇게 보고했다. '원나라도 이미 식량이 바닥나고 대항할 힘도 없습니다. 군주께서 조금만 더 공격을 하시지요.' 이에 문공이 말했다. '나는 병사들과 열흘간만 싸우기로 약속했는데, 지금 열흘이 지났는데도 철수하지 않으면 나의 신용을 잃어버리는 것이다. 원나라 땅을 얻기 위해 신용을 잃어버리는 일을 할 수 없다.' 그리고는 마침내 병력을 철수하였다. 이 소식을 들은 원나라 백성들이 '저렇게 신용이 있는 군주라면 항복하여 귀순하는 편이 좋겠다.' 라며 모두 투항하였다."

주변에 있던 위나라 백성들도 그 소식을 듣고 역시 투항하였다. 공자께서 이 이야기를 들은 후 이 사실을 기록하라 하시고 "원나라를 공격하여 위나라까지 얻은 것은 신용 때문이다."라고 말씀하셨다.

# 02

공자께서 말씀하셨다. "덕으로써 정치하는 것을 비유하면 북극성이 제자리를 지키고 있는데, 뭇별들이 그것(북극성) 주변으로 향해 떠받는 것처럼 되는 것이다.

子曰 "爲政以德 譬如北辰
자 왈   위 정 이 덕   비 여 북 신

居其所而 衆星共之." <爲政>
거 기 소 이   중 성 공 지   〈위 정 〉

---

**자구字句 해석**

위정爲政 : 정치를 하다.    이덕以德 : 덕으로써.

비여譬如 : 예컨대 ~같다.    북신北辰 : 북극성.

거기소居其所 : 제자리에 있다.    중성衆星 : 뭇별.

공지共之 : 향한다, 함께한다.

---

해설

《논어집주》에는 "정政이란 말은 '바로잡다.'의 뜻이니 사람의 바르지 못함을 바로잡는 것이요, 덕이란 말은 '얻는다.'는 뜻이니 도를 행하여 마음에 얻음이 있는 것이다."라고 설명하였다. 주자는 "덕으로 남을 사랑하는 것을 인이라 했다."라고 하였고, 《주역》

에는 "천지의 대덕大德은 생生이다."라고 하였으며, 《서경》의 〈우공〉편에는 "내 덕을 삼가 먼저 편다."고 하였다.

또 《맹자》 〈공손추〉편에는 "힘으로 사람을 굴복시키는 것은 마음이 굴복한 것이 아니고 힘이 모자란 것이다. 덕으로써 남을 복종시키려면 마음속으로 기뻐서 진심으로 복종하게 된다."고 하였다. 법과 정치가 형식적으로만 시행되지 않으려면 반드시 덕치德治를 기반으로 삼아야 한다는 뜻이다.

조선의 대유학자 율곡 이이(1537~1584)는 《성학집요》에서 정치를 하는 근본에 대해 이렇게 말했다. "임금이 덕을 닦는 것은 정치의 근본입니다. 먼저 임금의 직분이 백성의 부모 자리에 있다는 것을 안 뒤에 중中을 세우고 극極을 세워서 표준을 삼게 되면, 그 효과가 마치 뭇별들이 북극성을 향하는 것과 같을 것입니다. 순임금과 우임금, 공자, 중훼의 설은 중을 세우고 극을 세우는 요령입니다. 그러므로 모두 여기에 실었습니다. 아, 부모로서 자식을 사랑하는 이는 많지만 임금으로서 백성에게 인을 행하는 이는 적으니, 천지가 부여한 직책을 생각하지 않음이 심한 것입니다."

조선 말기의 실학자 다산 정약용은 〈원덕〉에서 "《대학》의 도는 명덕明德(공명정대한 덕행)을 밝히는데 있기 때문에, '옛날 명덕을 온 세상에 밝히려고 했던 자는 우선 자기 나라부터 다스렸다.' 이어서 '이른바 온 세상을 다스리는 길은 자기 나라를 다스림에 있다.'고 주장하고, 덕의 내용은 효도·우애[悌]·자애를 기본으로

'사람마다 자기의 친한 이를 친근히 하고 자기의 존장을 존장으로 섬겨야 온 세상이 다스려질 것이다.' 라고 덕정德政(덕으로 다스리는 어질고 바른 정치)의 근본을 설명하였다."

'북신北辰'은 북극성이니 하늘의 중추로 제자리에 머물고 있다는 것이고 '공共'에 대한 해설로 주자는 '향하는 것'이니, "뭇별들이 사면으로 둘러싸서 북극성을 향함을 말한다."고 하였고, 정약용은 "함께한다."라고 해석하였다. 즉 북극성이 제자리를 잡고 있으면 뭇별들이 따라 돌아 함께 운행한다고 보았다. 덕정을 펼치면 천하가 그에게 돌아가는 것을 북극성에 비교하여 말한 것이다.

# 03

정공이 물었다. "임금이 신하를 부리고, 신하가 임금을 섬기는데 어떻게 해야 합니까?" 공자께서 대답하셨다. "임금은 예로써 신하를 부려야 하고, 신하는 충성으로써 임금을 섬겨야 합니다."

定公問 "君使臣 臣事君 如之何?"
정 공 문　　군 사 신　　신 사 군　　여 지 하

孔子對曰 "君使臣以禮 臣事君以忠." <八佾>
공 자 대 왈　　군 사 신 이 례　　신 사 군 이 충　　〈 팔 일 〉

---

### 자구字句 해석

정공定公 : 춘추전국 시대 노나라 25대 군주. 소공의 아들로 이름은
　　　　　희송姬宋이다. 재위 15년. 이 기간에 공자의 나이는 43세
　　　　　에서 57세였다.

군君 : 군주, 임금.　　사신使臣 : 신하를 부림.

사군事君 : 임금을 섬김.　　여지하如之何 : 어떻게 해야 합니까?

이례以禮 : 예로써. 이以 자는 ~써.

충忠 : 충성忠誠, 충심忠心, 충실忠實.

---

해설

이 구절에 대해 중국 북송의 학자 윤돈이 말하길 "군신 간은 의

로써 결합된 것이므로 군주가 신하를 예로써 부리면 신하는 충성으로써 군주를 섬기는 것이다."라고 하였고, 역시 북송의 학자인 여대림(1044~1091)은 "신하를 부림에는 신하가 충성하지 않음을 걱정하지 말고 자신의 예가 지극하지 못함을 걱정해야 하며, 임금을 섬김에는 임금이 예가 없음을 걱정하지 말고 자신의 충성이 부족함을 걱정해야 한다."라고 설명하였다.

《맹자》〈이루〉편에는 맹자가 제선왕에게 고하여 말씀하시기를 "임금이 신하 보기를 자기의 손과 발같이 하면 신하는 임금 대하기를 자기의 심복같이 하고, 임금이 신하 보기를 개와 말같이 하면 신하는 임금 대하기를 일반 백성같이 여기고, 임금이 신하 보기를 흙이나 풀같이 여긴다면, 신하는 임금 대하기를 원수같이 하게 됩니다."라고 하였다.

조선 후기의 문신 윤휴는 《백호전서》〈군신에 대한 시〉를 다음과 같이 읊고 있다.

임금은 신하를 예로 부리고
신하는 충성으로 임금을 섬겨야 한다네
위대하신 성인공자의 그 교훈은
만세토록 지켜야 할 종법宗法이라네
둘 다 요堯와 순舜임금을 본받아야 하는 것은
요와 순 그 이상은 없기 때문이라네

아! 추나라의 맹씨[맹자] 교훈이
성인의 뒤를 이어 중생을 깨우쳤다네


한나라 때 학자 유향(BC 77~BC 6)
은 《설원》의 〈신술〉편에서 안자와
제나라 경공의 신하와 군주 간의 예
의에 대한 고사를 다음과 같이 소개
했다.

어느 몹시 추운 날에 안자가 경공
을 모시고 있었다. 경공이 허기를 느
껴 안자에게 따뜻한 수라상을 주문
하도록 하였다. 그러자 안자가 말했

유향劉向

다. "저는 임금님의 수라상을 올리는 신하가 아닙니다. 죄송하지
만 따를 수 없습니다." 이에 경공이 말했다. "그러면 따뜻한 모피
옷이나 좀 가져다주시오." 안자가 대답했다. "저는 임금님의 의복
을 관리하는 신하가 아닙니다. 못 하겠습니다." 그러자 경공이 안
자에게 "당신은 어떤 신하입니까?"라고 물었다. 안자는 "저는 한
나라의 사직을 지키는 신하입니다." 경공은 "사직을 지키는 신하
는 무슨 일을 합니까?"라고 물었다. 안자가 말했다. "사직을 지키
는 신하는 한 나라를 받들고, 상하 간에 올바른 관계를 구별하여
그 도리에 합당하도록 하며, 백관의 등급과 서열을 제정하여 각기

능력에 어울리는 직위를 맡게 하고, 각종 문서와 법령을 제정하여 천하에 반포하는 일을 합니다." 그 말을 들은 경공은 느낀 바가 있어서 그 후부터 안자를 깍듯하게 예의를 갖추어 대했다고 한다.

# 04

　자공이 정사를 여쭈자 공자께서 말씀하셨다. "먹는 것이 풍족하고 군사가 충분히 갖추어져 있으며, 백성에게 정치에 대한 믿음을 주어라!" 자공이 질문하였다. "반드시 부득이하게 버려야 한다면 이 세 가지 중 무엇을 먼저 버려야 합니까?" "군사를 버리느니라."

　자공이 또 질문했다. "남은 두 가지 중 부득이하게 버려야 한다면 무엇을 먼저 버려야 합니까?" 말씀하시길 "먹거리를 버려라. 예로부터 사람들은 모두 죽음이 있으나 백성이 정치에 대한 믿음(신용)이 없으면 나라가 바로 서지 못한다."

子貢問政　子曰 "足食足兵　民信之矣."
자공문정　자왈　족식　족병　민신지의

子貢曰 "必不得已而去　於斯三者何先?"
자공왈　필부득이이거　어사삼자하선

曰 "去兵." 子貢曰 "必不得已而去　於斯二者何先?"
왈　거병　자공왈　필부득이이거　어사이자하선

曰 "去食　自古皆有死　民無信不立." 〈顏淵〉
왈　거식　자고개유사　민무신불립　〈안연〉

족식足食 : 먹거리를 풍족하게 하다.

족병足兵 : 군사가 충분히 갖춰져 있다.

민신지民信之 : 백성이 정치를 믿게 하다. 지之는 대명사로 정치를 지칭한다.

필必 : 반드시.    부득이不得已 : 어쩔 수 없게.

거병去兵 : 군사를 버리다, 포기하다. 거去는 버리다.

사斯 : 이.    하선何先 : 무엇을 먼저.

거식去食 : 먹거리를 버리다, 포기하다.

자고自古 : 예부터, 고대부터.    개皆 : 모두.

유사有死 : 죽음이 있다, 죽기 마련이다.

민무신民無信 : 백성에게 믿음이 없다.    불립不立 : 세울 수 없다.


해 설

유가儒家 학설에서 '인·의·예·지·신'을 오덕五德이라 하여 숭상하였다. 그중 '신信'의 의미는 매우 중요하다. 《논어》〈양화〉편에는 일찍이 자장이 공자에게 '인仁'의 내용을 물었을 때 '공손함[恭]' '너그러움[寬]' '믿음[信]' '영민함[敏]' '은혜[惠]' 등 다섯 가지 항목을 들어 그 중심에 '신信'을 두었으며 그 까닭으로 믿음이 있어야 남들이 신임하게 된다고 설명하였다.

그리고 〈학이〉편과 〈안연〉편에도 공자는 "충심과 믿음을 주主로 하는 주충신主忠信"을 강조하고, 〈자로〉편에 "말에는 반드시 믿음이 있어야 한다.[言必信]'고 한 후 군자의 네 가지 덕목을 말하면서 '의義' '례禮' '손孫(겸손)' '신信'을 꼽았다.

《맹자》〈공손추〉편에는 "천시天時가 지리地利만 못 하고 지리가 인화人和만 못 하다."하여 국가를 다스림에는 사람들의 화합을 근본으로 삼고, 그 바탕에는 사람들 사

양만리楊萬里

이에 믿음이 전제되어야 한다고 했다. 또 남송의 문인인 양만리(1127~1206)가 말하기를, "금석은 지극히 굳은 물건이나 마음보다는 굳지 못하다. 그러므로 두 사람이 마음을 같이하면 돌도 깨뜨릴 수 있고 금도 꺾을 수 있다. 보통 사람이 마음을 같이해도 금석을 뚫는데, 군신이 마음을 같이하면 무슨 일인들 이루지 못하겠는가. 좋은 냄새 나는 풀인 '훈薰'과 악한 냄새 나는 풀인 '유蕕'가 같은 그릇에 있으면 어린아이라도 그 냄새를 분별할 수 있으니, 이것은 그 냄새가 같지 않기 때문이요, 남산의 난초를 가져다 북산의 난초와 섞으면, 열 사람의 황제도 그 냄새를 분간할 수 없을 것이니, 이것은 그 냄새가 같기 때문이다."라고 하였다.

청나라 장병린(1869~1936)은 〈혁명도덕설〉이란 글에서 "믿음을 백성의 보배로 삼는다."라고 하여 정치에서 믿음은 다른 무엇보다

도 소중한 것이라고 하였는데, 이것이 바로 공자의 "백성이 정치에 대한 믿음이 없으면 나라가 바로 서지 못한다."는 뜻과 일맥상통하는 것이다.

조선 순조(1790~1834) 7년(1807)에 "백성이 (정치에 대한) 믿음이 없으면 나라가 바로 서지 못한다."는 주제로 조정에서 강연을 하였다. 순조가 강연에 참여한 신하들에게 말하기를 "군사·식량·믿음(신용)의 세 가지 중에서 만약 전진 전투 중에 적을 대하고 있을 때 부득이하여 마땅히 버려야 한다면 무엇을 마땅히 먼저 버릴 것인가?"하니, 특진관 김이영(1755~1845)이 이렇게 말했다.

"한나라는 장판교의 싸움에서 군사와 식량이 모두 모자라서 떨어졌으나, 강릉의 병졸 십여 만 명이 남자는 짐을 등에 지고 여자는 짐을 머리에 이고 배반하지 않고 온 것은 그 믿음 때문이었습니다."라고 하였다. 이에 순조가 말했다.

"이것을 이른 것이 아니다. 한나라 고제(BC 256~BC 195)가 (흉노에게) 세 겹의 포위 가운데 있어 일이 급박하게 벌어지고 목숨이 경각에 달려 마땅히 한쪽을 터뜨려 몰래 나올 즈음에 반드시 부득이하여 세 가지 가운데 버려야 할 것이 있었다면 어떤 것을 마땅히 버렸겠는가?"하니, 시독관 서유망(1766~1813)이 말했다. "비록 이런 때를 당하더라도 믿음은 더욱 버릴 수 없습니다."하였다. 이와 같이 우리 선조들도 백성들의 정치에 대한 믿음을 소중하게 여겼다.

## 05

중궁이 계씨의 재상이 되어 정사를 묻자 공자께서 말씀하셨다.
"유사에게 먼저 시키고 작은 허물을 용서해 주며, 어진 이와 유능한
이를 등용해야 한다."

仲弓爲季氏宰 問政 子曰
중 궁 위 계 씨 재  문 정  자 왈

"先有司 赦小過 擧賢才." <子路>
선 유 사  사 소 과  거 현 재   〈 자 로 〉

> **자구字句 해석**
>
> 중궁仲弓(BC 522~?) : 공자의 제자로 염옹의 자字.
> 계씨季氏 : 노나라의 대부, 권세가.
> 재宰 : 대부의 읍을 관리하는 사람, 가신家臣.
> 유사有司 : 책임자 밑에 있는 여러 관원.
> 사赦 : 용서하다.   소과小過 : 작은 허물.   거擧 : 천거하다.
> 현재賢才 : 현명한 인재.

해설

중궁은 공자의 제자 중에 덕행에 뛰어난 효자로 알려져 있다.
일찍이 공자가 중궁을 평가하면서 "중궁은 임금을 시킬 만하다."

하니 군자가 말하기를, "중궁은 관대하고 도량이 넓으며 간략하고 중후하니, 제후로서의 정치를 맡길 만한 사람이라는 말이다."라고 하였다. 또 어떤 사람이 "중궁은 어질기는 하나 말재주가 없다."고 하였더니 공자께서 말씀하시기를 "말재주를 무엇에 쓰겠느냐. 재치 있는 말로 다른 사람과 맞서다가 자주 미움을 받으니, 중궁이 어질지는 모르겠지만 말재주를 무엇에다 쓰겠는가?"하여 그의 어눌한 점이 나쁜 것이 아니라고 하셨다.

위 구절은 그가 노나라의 권세가인 계씨의 가신이 되어 공자에게 정사를 물으니 공자가 "유사에게 먼저 시키고 작은 허물을 용서해 주며, 어진 이와 유능한 이를 등용해야 한다."라고 대답했다. 중궁은 공자에게 "어떻게 현명한 인물을 알아서 등용합니까?"라고 되물었다. 이에 공자는 "먼저 네가 아는 현명한 인물을 등용하면 네가 미처 모르는 자들은 남들이 내버려두겠느냐?"라고 대답하였다.

조선 중기의 학자인 이정구(1564~1635)는 〈용현〉이란 글에서 위의 구절을 다음과 같이 설명했다.

중궁仲弓

"'선유사先有司'라 한 것으로 말하자면, 군주는 천하의 번다한 일을 처리해야 하니 허다한 사무를 어찌 친히 다 처리할 수 있겠습니까. 유사에게 실무를 위임하고 성적을 거두도록 독려하고 타이르며, 모든 기술자가 직분에 힘쓰고 모든 일들이 잘 이루어지도록 해야 할 것입니다. 만약 모든 일을 낱낱이 따져서 아래로 신하의 직분까지 지나치게 간섭한다면, 시일이 부족할 뿐만 아니라 사정이 이와 같아서야 되겠습니까? 그 누적되어 온 폐단이 마침내 진시황의 저울과 추로 서류를 헤아리던 '형석정서衡石程書'나 당나라 문종이 회의하다가 길어져 식사 때를 놓치면 호위병들에게 밥을 날라다 먹었던 '위사전찬衛士傳餐'과 같은 경우에 이르게 될 것이니, 한갓 정신만 수고로울 뿐 손해는 있어도 이익은 없어 단지 쇠망만 초래하게 될 것입니다. 임금이 어진 인재를 얻어 실무를 위임하면 각자 자기 직분을 맡아 힘써서 기강이 서고 만사가 이루어질 것이니, 이것이 이른바 어진 인재에게 위임하면 편안하다는 것입니다.

　그리고 '사소과赦小過'로 말하자면, 사람이 과실이 없다면 진실로 좋겠지만 대성인大聖人이 아니고서야 잘못이 없을 수 없으니, 사람의 어짊과 삿됨은 작은 잘못이 있느냐 없느냐에 달려 있는 것이 아닙니다. 따라서 임금이 신하를 관찰하려면 결단하고, 일을 실행하고, 근거를 살피는 일의 핵심만 보아야 할 따름입니다. 세상의 명성과 공적, 겉치레만 번지르르하게 꾸미고 업무의 문서상

과실과 착오만 없으면 그만이라 생각하며 자질구레한 행실 따위에만 근신하고 좁은 도량으로 자존심만 지키는 자는, 대절과 대의 大義를 만나면 본심이 탄로 나서 자신과 나라를 망치지 않는 이가 드뭅니다. 군자는 비록 작은 절개나 세세한 일에는 누락함을 면치 못하지만 대절과 대의를 만나서는 남들이 미치지 못하는 점이 많습니다. 임금이 만약 허물이 없는 사람만 취하여 작은 허물도 가혹하게 책망한다면 신하들은 죄를 짓지 않기에도 겨를이 없을 터이니, 어찌 그 뜻을 펼 수 있겠습니까. 이는 더욱 깊이 성찰해야 할 것입니다."

또한 중궁이 "어떻게 어진 인재임을 알고 등용하겠습니까?"라고 한 질문에 대해 공자는, "네가 알고 있는 어진 인재를 등용하면 네가 모르는 인재를 남들이 버려두겠느냐?"하셨다. 이에 대해 조선의 실학자 이익은 《성호사설》에서 "이는 위로는 임금으로부터 아래는 백관에 이르기까지 모두 사람을 알아보는 것으로 인재를 삼는다는 말이다. 사람을 알아보지 못하고 인재를 논한다면, 눈이 없이 걸어가는 것과 같아 반드시 가시밭과 물이나 불 속에 빠질 것이니, 어떻게 목적지에 도달할 수 있겠는가?"라고 설명하였다.

《공자가어》의 〈애공문정〉에는 공자께서 평소 "정치는 인재를 얻는데 달려 있으니, 어진 이를 기용하지 않고 정치를 잘하는 이는 없다."고 하였고, 자유子游는 무성武城의 읍재邑宰(한 고을을 다스리는 사람)가 되었는데 공자가 "인재를 얻었느냐?"고 물었다.

"담대멸명이란 사람을 구했습니다." "그가 어째서 쓸 만한 사람이라고 생각하는가?" 그러자 자유가 대답하였다. "그는 좁은 지름길을 다니지 않고 공무가 아니면 제 방에 찾아오는 일이 없습니다."

이처럼 공자는 현명하고 유능한 인재가 정치에 대단히 중요하다는 것을 강조하였다.

# 06

자로가 말하기를 "위나라 군주가 스승님을 기다려 정사를 하려고 하시니 스승님께서는 장차 무엇을 먼저 하시렵니까?" 공자께서 대답하셨다. "반드시 명분을 바로잡겠다."

子路曰 "衛君待子而爲政 子將奚先?"
자 로 왈    위 군 대 자 이 위 정    자 장 해 선

子曰 "必也正名乎!" <子路>
자 왈    필 야 정 명 호       〈 자 로 〉

> ## 자구字句 해석
>
> 자로子路 : 공자의 제자로 이름은 중유仲由이다. 정사에 뛰어났으며
>  　　　　'공문십철孔門十哲'의 한 사람이었으며 위나라에서 벼
>  　　　　슬을 했다.
> 위군衛君 : 위나라 군주.　　대待 : 기다리다.　　자子 : 스승님, 공자.
> 위정爲政 : 정치를 하다.　　장將 : 장차, 앞으로.
> 해선奚先 : 무엇을 먼저.　　필必 : 반드시.
> 정명正名 : 명분을 바로 세우다.
> 호乎 : 어조사로 본문에선 추측의 의미로 쓰임. 즉 ~할 것이다.

해설

본 구절에 이어서 자로는 "명분을 바로잡겠다는 스승님 말씀은 위나라의 현실과 거리가 먼 것이 있습니다. 도대체 어떻게 바로잡으시겠다는 말씀입니까?"라고 질문하였다. 이에 공자께서 자로를 꾸짖으면서 자세히 설명하였다. "비속하구나, 유[자로]야! 군자는 자신이 잘 알지 못하는 것에 참견하여 말하지 않는 것이다. 명분이 바르지 않으면 말이 순조롭지 않고, 말이 순조롭지 않으면 일이 이루어지지 않으며, 일이 이루어지지 않으면 예악이 흥기하지 않고, 예악이 흥기하지 않으면 형벌이 타당하지 않고, 형벌이 타당하지 않으면 백성이 손발을 둘 곳이 없게 된다. 그러므로 군자가 명분을 세우면 반드시 말할 수 있고, 말한 것이면 반드시 실행할 수 있다. 군자는 그 말에 대해서 구차한 바가 없을 따름이다."

본 구절에서 말하는 공자의 정명正名 사상은 주요하게 두 가지가 있다. 첫째는 바른 명분을 세우는 것이고, 둘째는 사람마다 일과 직책에 따른 바른 책임을 지는 것이라고 할 수 있다.

공자는 〈안연〉편에서 제경공이 정치를 묻자 "임금은 임금답고 신하는 신하다워야 하며, 아버지는 아버지답고 아들은 아들다워야 된다.[君君, 臣臣, 父父, 子子]"라고 강조하였다.

또 계강자가 정치를 묻자 "정치는 바르게 하는 것이다. 그대가 솔선수범하여 올바르면 누가 올바르지 않겠는가?"라고 하여 바른 명분과 바로 책임지는 자세를 중시했다.

기실 자로가 위나라 현실과 거리가 먼 것이라고 했던 까닭은 전대에 위나라 임금이었던 영공의 아내인 남자南子가 음탕한 행실이 있자, 세자인 괴외는 계모인 남자를 죽이려다가 뜻을 이루지 못하고 진晉나라로 도망가 있었다. 그 후 영공이 죽자 괴외의 아들인 첩輒이 즉위하였는데, 괴외가 본국으로 들어가려 하자 아들 첩은 아버지가 들어오는 것을 저지하는 복잡한 사건이 있었다. 즉 현실적으로 아버지보다 먼저 임금 자리에 오른 아들이 선뜻 그 자리를 아버지에게 물려줄 생각이 없었기 때문이었다. 이에 대해 주자는 《논어집주》에서 "공자가 말씀한 정명은 바로 이 문제를 바로잡으려는 것이었다."고 풀이하였다.

공자의 정명 사상을 이어받은 맹자는 "임금이 임금답지 못할 때 혁명을 통해 임금도 내쫓을 수 있다."고 주장하였다. 순자는 바른 명분을 세우는 이유와 법적 근거를 이렇게 설명하였다. "세상에 있는 모든 사물은 그 모양이 하나하나 서로 다르다. 이와 같이 각기 다른 모양을 한 사물에 대해서 일정한 명칭이 없으면 각종 사물을 보는 사람마다 멋대로 이해하고 각 사물의 명실이 서로 얽히며 귀함과 천함이 분명치 않고 같음과 다름이 서로 구별되지 않는다. 이와 같다면 정신이 반드시 깨우치지 못할 근심이 있고 일에 있어 반드시 곤궁해질 화가 있을 것이다. 그러므로 지혜로운 자는 이를 위하여 분별을 짓고 명칭을 제정하여 실물을 가리키며 위로는 귀천을 분명히 하고 아래로는 같음과 다름을 갈라서 구별한다.

귀천이 분명해지고 같은 것과 다른 것이 서로 구별되면, 정신이 깨우치지 못할 근심은 없고 일에도 곤궁해질 화가 없어진다."

허목許穆

조선 중기의 문신 허목(1595~1682)은 이 구절에 대해 이렇게 설명하였다. "공자의 문하에서 여러 제자들이 문답한 말이 매우 많은데, 이 장의 말 뜻이 가장 엄정합니다. 바로잡지 않아서는 안 되는 것이 명분이니, 명분은 군신과 부자의 큰 윤리입니다. 군신과 부자의 명분이 바로잡히지 않으면 그 폐해가 반드시 집안과 국가를 크게 어지럽히고 맙니다. '정명正名'이란 두 글자의 주지하는 바가 매우 중요한 것이니 이 대목을 마땅히 깊이 생각해야 합니다."

정치에서 바른 명분을 세우는 것은 매우 중요하다. 고대 중국의 민간에서 황건적과 홍건적 등 대규모 농민 봉기와 근대 중국의 손중산 혁명이 일어났을 때, 모두들 나름대로의 합리적인 명분을 내세웠다. 우리나라에서도 각종 정치 정당과 단체들이 선거 때마다 당과 단체의 이름을 바꾸는 것은 국민에게 자신들의 명분을 내세우기 위함이다. 문제는 각종 정당과 단체가 형식적인 이름만 바꾸지 말고, 진심으로 국가와 국민을 위해 앞장서고 책임을 져야 공자께서 말씀하는 정명을 바로세우는 길임을 명심해야 할 것이다.

# 07

공자께서 말씀하셨다. "그 몸가짐이 바르면 명령을 내리지 않아도 행해지고, 그 몸가짐이 바르지 못하면 비록 명령을 내려도 행해지지 않는다."

子曰 "其身正 不令而行
자 왈　기 신 정　불 령 이 행

其身不正　雖令不從." <子路>
기 신 부 정　수 령 부 종 　〈 자 로 〉

---

**자구字句 해석**

신정身正 : 몸가짐이 바르다.

불령이행不令而行 : 명령을 내려도 행해지지 않는다.

수雖 : 비록.　부종不從 : 따르지 않는다.

---

해설

위정자의 몸가짐을 보고 관리나 백성들이 따르기 마련이다. 《한비자》〈이병〉편에는 다음과 같은 이야기가 전해진다. "월나라 왕이 용맹을 좋아하자 백성들이 죽음을 가볍게 여기게 되었고, 초나라 영왕이 허리가 가는 여자를 좋아하자 도성 안에 굶는 여자들이 많았으며, 제나라 환공이 질투심이 많고 후궁들을 좋아하자 수조

《안자춘추》

가 스스로 거세하고 후궁의 일을 관리하였으며, 환공이 특이하게 맛난 음식을 좋아하자 역아가 자신의 맏아들을 삶아서 바쳤으며, 연나라 왕 자쾌가 현명하고 유능한 사람을 좋아하자 자지子之가 물려주는 나라를 받지 않겠다고 표명하였다."

또 《안자춘추》〈잡하〉편에는 위나라 영공이 자기 부인의 남장 모습을 좋아하자 나라 안의 모든 여자들이 그것을 흉내 내서 남장을 하고 다녔다고 한다. 영공이 관리들을 시켜서 남장을 금하고 그 옷을 찢어버리고 허리띠가 잘리는 모습을 보면서도 여전히 남장을 하고 다녔다고 한다. 이에 영공이 안자에게 그 까닭을 물으니, 안자는 "임금께서 자기 부인을 남장하도록 시켜놓고 다른 여인들은 금지하도록 하였으니, 이는 마치 가게에서 소머리를 걸어놓고 말고기를 팔고 있는 것과 같습니다."라고 설명하였다. 이에 영공이 자기 부인의 남장을 금하게 하니 어느 사이 나라 안에 남장하고 다니는 여인이 아무도 없게 되었다고 한다.

이는 비단 중국의 이야기만이 아니다. 위정자나 상류 계층의 사치스런 풍습은 백성들에게 큰 영향을 준다. 우리나라에서도 조선 선조 임금은 "오랑캐의 풍습을 배운 사내아이들이 귀를 뚫고 귀고리를 달아 중국 사람들의 조롱을 받고 있다."고 불같이 화를 내면서 이를 척결하라고 지시하였고, 영·정조 시대에는 가발과 사치스런 복식이 크게 유행해서 조선 후기의 실학자 이덕무(1741~1793)는 〈청장관전서〉에서 다음과 같이 가발과 복식의 폐해를 설명했다.

"가발은 몽고의 유풍이다. 지금 부인들은 비록 마지못해 시속을 따른다 하더라도 사치를 숭상해서는 안 된다. 부귀한 집에서는 머리치장에 드는 돈이 무려 7~8만 냥에 이른다. 가발을 널찍하게 서리고 비스듬히 빙빙 돌려서 마치 말이 떨어지는 형상을 만들고 거기다가 웅황으로 만든 얇은 조각과 법랑으로 만든 비녀, 진주로 만든 머리꾸미개로 꾸며서 그 무게를 거의 지탱할 수 없게 한다. 그런데도 그 가장은 그것을 금하지 않으므로 부녀들은 더욱 사치스럽게 하여 행여 더 크게 하지 못할까 염려한다. 요즘 어느 한 부잣집 며느리가 나이 13세에 가발을 얼마나 높고 무겁게 하였던지, 시아버지가 방에 들어가자 갑자기 일어서다가 다리에 눌려서 목 뼈가 부러졌다. 사치가 능히 사람을 죽였으니 아, 슬프도다!"

급기야 정조는 다음과 같은 가발 금지령을 내렸다.

"왕은 이르노라. 가발 없는 것에 대한 금령은 여러 말할 것 없이 빨리 회복해야 한다. ……가장 개혁해야 마땅하고 개혁하기 쉬운 것으로는 가발보다 더한 것이 없다. 그러므로 가발 없는 것을 금지하는 일은 바로 선왕의 거룩한 뜻을 밝히고 성대한 공렬을 계승하는 한 가지 일이다. ……처음에는 머리를 묶는 형식이었던 것이 문득 머리를 중히 여기는 장식이 되어 서로 앞다투어 과시하기 위해 크게 만들다 보니 값이 점점 뛰어올랐다. 그리하여 사치스러운 자는 살림살이가 기우는 것도 돌아보지 않고 가난한 자는 인륜을 폐하는 지경까지 이르렀다. 폐단이 극에 달하여 구제해야만 하겠으니, 나라 안 부녀자의 가발을 일체 없애도록 하라. …… 부녀자의 복식은 정치와 무관한 것이라고 말하지 말라! ……지금 이후로 사치로부터 검소한 쪽으로 들어가고 문명을 써서 야만을 변화시킬 수 있을 것이니, 어찌 벼슬아치들과 대부들의 마음에 두려움과 다행스러움이 교차할 뿐이겠는가. 부녀자들이라 하더라도 거의 초목이 바람을 따라 움직이고 그림자가 형체를 좇는 듯할 것이다. 이 어찌 실로 아름다운 일이 아니겠는가. ……아, 너희 중외의 신하와 백성들은 각자 잘 듣고 나라의 법을 어기지 말라!"

이는 상류 계층의 말과 행동이 얼마나 중요한지 일깨워주는 실화이다. 《대학》에는 "명령하는 것이 그가 좋아하는 바와 반대되면 백성이 복종하지 않는다."고 하였고, 《맹자》〈이루〉편에는 "행하여 얻지 못한 것이 있거든 모두 반성하여 자신에게서 원인을 찾을 것이니, 제 몸이 올바르게 되고 천하 사람이 귀의할 것이다."라고 하였다.

## 08

섭공이 정치에 대해서 묻자 공자께서 대답하셨다. "가까운 사람들이 기뻐하고, 먼 곳에 있는 사람들까지 찾아오게 만드는 것이다."

葉公問政 子曰 "近者說 遠者來." ＜子路＞
섭 공 문 정 자 왈　근 자 열　원 자 래　　＜ 자 로 ＞

**자구字句 해석**

섭공葉公 : 초나라의 대부. 성은 심沈이고, 이름은 제량諸梁이다.

문정問政 : 정치를 묻다.　　근자近者 : 가까이 있는 자.

열說 : 기쁘다. 본문에서는 기쁠 '열悅' 자와 쓰임이 같음. 또 다른
　　　경우에는 말씀 '설說' 자의 뜻도 있다.

원자遠者 : 먼 곳에 있는 자.　　래來 : 오다.

해 설

어진 정치를 펼치는 국가는 "나라 안에 가까운 사람들이 기뻐하고, 멀리 있는 사람까지도 찾아오게 만든다."는 것이다. 그러면 어떤 것이 어진 정치인가? ＜자로＞편에서 공자께서 제자 번수에게 이렇게 말했다. "윗사람이 예禮를 좋아하면 백성들이 윗사람을 공경하지 않는 이가 없고, 윗사람이 의義를 좋아하면 백성들이 복종하지 않는 이가 없으며, 윗사람이 신信을 좋아하면 백성들이 감히 실

정대로 하지 않는 이가 없는 것이다. 이렇게 되면 사방의 백성들이 자식을 포대기에 업고 올 것이다."라고 하였다.

《중용》에도 이런 말이 있다. "무릇 천하 국가를 영위함에 있어 아홉 가지 불변의 법이 있으니, 그것은 자신의 몸을 닦고[修身], 어진 사람을 존중하고[尊賢], 어버이와 친하게 지내며[親親], 대신을 공경하고[敬大臣], 모든 신하를 자신의 몸과 같이 여긴다.[體群臣] 또 서민을 아들처럼 여기고[子庶民], 모든 장인(기술자)을 오게 하며[來百工], 먼 곳에서 찾아오는 사람까지 보살펴주고[柔遠人], 사방의 제후를 가슴으로 품어주는 것[懷諸侯]이다."

맹자는 "(왕이) 백성들의 즐거움을 함께 즐긴다면 백성들 역시 함께 그 즐거움을 즐기고, (왕이) 백성들의 근심을 함께 걱정하면 백성들 역시 함께 근심합니다. 천하의 일을 함께 즐기고, 천하의 일을 함께 근심하고서 왕 노릇을 하지 못한 사람은 여태까지 없습니다."라고 하여, 왕이 백성들과 함께 동고동락하는 것이 어진 정치의 기본임을 밝히고 있다. 주자는 "그 은택을 입으면 기뻐하고 그 소문을 들으면 오게 된다. 그러나 반드시 가까이 있는 자가 기뻐한 뒤에야 멀리 있는 자가 오는 것이다."라고 설명하였다.

중국 춘추전국 시대 연나라의 소왕은 곽외(BC 351?~BC 297)에게 부국강병책에 대해 물었다. 곽외는 널리 인재를 등용할 것을 권하면서 다음과 같은 고사를 이렇게 설명하였다.

"옛날 어느 왕이 천금을 주고 천리마를 사려고 하였습니다. 그러나 3년이 지났는데도 구할 수가 없었습니다. 이즈음에 어떤 사람이 천리마를 사오겠다고 호언장담하여 그 사람에게 천리마 구하는 일을 맡겼습니다. 3달 후, 그 사람은 천리마가 있는 곳을 알아내고 찾아갔으나 천리마는 이미 죽은 후였습니다. 그 사람은 천리마의 말 뼈다귀를 5백금에 사가지고 돌아왔습니다. 이 보고를 들은 왕은 노발대발하며 말했습니다. '과인이 구하는 것은 살아 있는 말이다. 죽은 말 뼈다귀를 사가지고 오는 멍청이가 세상에 어디 있나!' 왕의 말을 듣고 있던 그 사람은 이렇게 대답했습니다. '죽은 말도 5백금이나 주고 샀으니, 살아 있는 말은 틀림없이 더 많은 돈을 주고 살 것이라는 소문이 나서 사방에서 천리마가 모여들 것입니다.' 과연 그 사람의 말처럼 1년도 안 되어 천리마가 3필이나 모여들었다고 합니다. 전하도 진심으로 인재를 초청하고 싶으면 우선 이 곽외부터 등용시켜주십시오. 미천한 신과 같은 사람을 중히 쓰시면 신보다 훌륭한 인물들이 천 리 길을 마다하고 모여들 것입니다."

그래서 소왕은 곽외를 스승으로 삼고 큰 저택과 벼슬을 주었다. 이 소문이 퍼지자 사방에서 인재들이 연나라로 모여들었는데 위나라에서 장군 악의가, 제나라에서 대학자 추연이, 조나라에서는 정치가 극신 등의 인재들이 앞을 다투어 연나라로 찾아와서 연나라의 발전을 위해 헌신하였다.

# 09

자하가 거보의 읍재가 되어 정치에 대해 묻자 공자가 말씀하셨다. "빨리 하고자 하면 달성하지 못하고 작은 이익을 탐내면 큰 사업이 이루어지지 못한다."

子夏爲莒父宰 問政 子曰
자 하 위 거 보 재　문 정　자 왈

"欲速則不達 見小利則大事不成."〈子路〉
욕 속 즉 부 달　견 소 리 즉 대 사 불 성　〈자 로〉

---

**자구字句 해석**

자하子夏 : 공자의 제자.　거보莒父 : 노나라의 읍명.

문정問政 : 정치를 묻다.　욕속欲速 : 빨리 하려고 하다.

부달不達 : 달성하지 못하다.　견見 : 보다.　소리小利 : 작은 이익.

대사大事 : 큰 사업.　불성不成 : 이루지 못하다.

---

해설

이 구절에 대해 정자는 "자장이 정치를 묻자 공자께서 말씀하시길 '일에 게을리하지 말고 행동은 충실히 해야 한다.'고 하였고, 자하가 정치를 물으니, 공자께서 '빨리 하고자 하면 달성하지 못하고 작은 이익을 탐내면 큰 사업이 이루어지지 못한다.'고 하셨다. 자장은 항상 지나치게 높아 어질지 못하였고, 자하의 병통은 항상 천근하고 작은 데 있었다. 그러므로 각기 그들 자신에게 절실한 일로 말씀해 주신 것이다."라고 하였다.

또 공자는 자로가 정치를 물어보자, "자신부터 먼저 애써서 해야 하며, 게을리하지 말아야 한다."라고 하였다. 이처럼 공자는 제자들이나 위정자들의 같은 질문에 각자의 재능과 자질에 따라 각기 다른 답안을 제시하고 있다.

자하는 문학에 뛰어났다. 그래서 공자의 《시경》에 대해 함께 이야기할 만하다는 칭찬을 받은 적이 있었고, 공자가 돌아가신 후에 서하에서 제자들을 모아 강학講學을 하고, 위나라 문후의 스승이 된 인물이지만 성품이 크게 미치지 못하는 부분이 있었다. 그래서 공자는 자하에게 "너는 군자 같은 선비가 되어야지, 소인 같은 선비가 되어서는 안 된다."라고 충고한 바가 있었다.

《맹자》의 〈공손추〉편에는 다음과 같은 고사가 있다.

"송나라에 한 농부가 있었다. 그는 논의 벼가 너무 느리게 자라는 것을 늘 답답하게 여겼다. 그러던 어느 날 참지 못하고 논으로 달려가 한 포기 한 포기 싹이 자라기 시작하는 모를 쏙쏙 뽑아 올려 빨리 자라기를 고대했다. 그러고는 집으로 돌아오니 너무 피곤하여 식구들에게 말했다. '벼가 자라게 도와주느라 오늘은 몹시도 피곤하구나.' 그의 말에 놀란 아들이 황급히 논으로 달려가 보니 벼는 모두 말라죽어 있었다."

이는 "곡식의 싹을 뽑아 올려 어리석게 성장을 돕는다."는 뜻으로 '알묘조장揠苗助長'이라는 사자성어로도 널리 알려져 있는데, "빨리 하고자 하면 달성하지 못하고 작은 이익을 탐내면 큰 사업이 이루어지지 못한다."는 공자의 말씀과 일맥상통하고 있다.

# 10

백성들을 법령으로 이끌고 형벌로 단속하면 백성들이 처벌을 면하려고만 하고 부끄러움을 느끼지 않겠지만, 덕으로 인도하고 예로 단속하면 백성들이 부끄러움을 느껴서 더욱 선해질 것이다.

道之以政　齊之以刑　民免而無恥
도 지 이 정　제 지 이 형　민 면 이 무 치

道之以德　齊之以禮　有恥且格 <爲政>
도 지 이 도　제 지 이 례　유 치 차 격 〈위 정〉

┌─ 자구字句 해석 ─┐

도道 : 본문에서는 인도하다, 이끌다는 뜻이다.

정政 : 법제法制와 금령禁令(어떤 행위를 금하는 법률)을 말한다.

형刑 : 형벌.　　제齊 : 질서정연하게 하다, 통일시켜 가지런히 하다.

민면民免 : 백성들이 처벌을 면하려고 한다.

무치無恥 : 부끄러움을 느끼지 않는다.　　덕德 : 덕, 어질다.

례禮 : 예, 예절, 예의, 품절品節.　　차且 : 또.

격格 : 바르게 되다, 선해지다, 이르다.

해설

이 구절은 덕치와 예치의 중요성을 강조한 것이다. 이에 대해

《논어집주》에는 "정령政令은 정치를 하는 도구이고 형벌은 정치를 돕는 법이지만, 덕과 예는 정치를 하는 근본이며 덕은 또 예의 근본이다. 이것은 서로 끝과 시작이 되어서 비록 어느 한쪽도 폐지할 수는 없으나, 정령과 형벌은 백성들로 하여금 죄를 멀리 피하게 만들 뿐이고, 덕과 예의 효과는 백성들로 하여금 날마다 개과천선하면서 스스로 모르는 사이에 감화가 된다. 때문에 백성을 다스리는 자는 한갓 말엽적인 정령과 형벌만을 믿어서는 안 되고, 또 마땅히 그 근본인 덕과 예를 깊이 탐구해야 한다."고 설명하였다.

〈안연〉편에는 계강자(?~BC 468)가 공자께 정치를 물어보면서 "만약 무도한 자를 죽여서 도가 있는 곳으로 나아가게 하면 어떨 것 같습니까?"라고 하자 공자께서 대답하시길 "그대는 정치를 하면서 어찌 사람 죽이는 법을 쓰려고 하는가? 그대가 선해지면 백성들도 선해진다. 군자의 덕은 바람과 같고, 소인의 덕은 풀과 같아서 풀 위에 바람이 불면 반드시 풀은 눕게 된다."고 하여, 가혹한 형벌의 사용보다는 덕치의 중요성을 일깨워주었다.

조선 후기의 실학자인 이익은 〈정형政刑〉이란 글에서 다음과 같은 견해를 피력하였다.

"공자가 도덕과 예의와 정사와 형벌의 분별을 논평했으므로 사람들이 거의 본말(사물의 중요한 부분과 중요하지 않은 부분)과 앞뒤의 차례에 미혹하지 않게 되었다. 그러나 근본을 먼저 다스린다면 그 끝도 다음으로 해야 된다. 무릇 중인 이상은 남의 권면(타일러 힘쓰게 함)을 받지 않아도 스스로 노력하는 자이니, 간혹 견문에 사로잡히고 이해에 움직여 바른길을 잃는 수가 있으나 그 마음만은 반드시 착한 데서 다 어긋났다고 할 수는 없다. 그러므로 덕으로 인도하고 예로 가지런히 하여 착한 사람이 많고 악한 자가 적어지면 대동大同의 풍속이 이루어져 형벌 또한 쓰지 않게 될 것이다."

# 11

자장이 공자에게 어떻게 해야 정사政事에 종사할 수 있느냐고 묻자 공자께서 말씀하셨다. "다섯 가지 미덕을 높이고, 네 가지 악덕을 물리치면 정사에 종사할 수 있다."

子張問於孔子曰 "何如斯可以從政矣."
자 장 문 어 공 자 왈　하 여 사 가 이 종 정 의

子曰 "尊五美 屛四惡 斯可以從政矣." <堯曰>
자 왈　존 오 미　병 사 악　사 가 이 종 정 의　〈요 왈 〉

---

### 자구字句 해석

자장子張 : 공자의 제자.　　문問 : 묻다.

여하何如 : 어떻게 하면 ~되겠습니까?　종정從政 : 정치에 종사하다.

의矣 : 추측을 뜻하는 어조사.　　존尊 : 높이다.

오미五美 : 다섯 가지 미덕.　　병屛 : 막다, 물리치다.

사악四惡 : 네 가지 악덕.　　가이可以 : ~할 수 있다.

---

해설

본 구절에 이어 공자는 다섯 가지 미덕으로 "혜택을 베풀되 낭비하지 않고[惠而不費] 일하게 하되 원망을 받지 않고[勞而不怨] 원하되 욕심을 부리지 않고[欲而不貪] 여유가 있되 교만하지 않고[泰

而不驕] 위엄스러우면서도 사납지 않은 것[威而不猛]"을 들었다.

또한 네 가지 악덕으로 "가르치지 않고 죽이는 것을 '학虐'이라 하고, 일러주지 않고 이루기를 바라는 것을 '폭暴'이라 하고, 게으르면서 제때에 맞추기를 바라는 것을 '적賊'이라 하고, 사람에게 주는 것은 마찬가지인데 주는 것에 인색하면 이를 일러 '유사有司'의 근성이다."라고 설명해 주었다.

그러자 자장이 다시 질문했다. "은혜를 베풀었지만 낭비하지 않는다는 말은 무슨 뜻입니까?" 그러자 공자께서 이렇게 답변하셨다. "백성의 이익을 위하여 이익 되게 하는 것을 말함이다. 고생을 해도 될 만한 것을 위해 고생한다면 누구를 원망하겠는가? 어질고자 하여 어진 자가 되니 또 무엇을 탐하겠는가? 군자는 많고 적음이 없고, 작고 큰 것이 없어 감히 소홀하지 않으니 이는 또한 태연하게 있어도 교만하지 않음이 아니겠는가? 군자가 그 의관을 바르게 하고, 볼 때는 존경스럽게 바라보며, 엄숙하여 사람들이 두려워하면 이는 또한 위엄이 있어도 사납지 않음이 아니겠는가?"

이 구절에 대해 북송의 유학자 윤돈은 이렇게 말했다. "공자님께 정치를 물어보는 사람이 많았으나, 이와 같이 구체적으로 남에게 정치를 자세히 설명해 준 것은 없었다."

제7장

# 진정한 리더,
# 군자가 되는 길

# 01

공자께서 말씀하셨다. "군자는 세 가지 경계할 일이 있다. 어렸을 때에 혈기가 아직 정해지지 아니하였으니 여색을 경계해야 한다. 장성해서는 혈기가 바야흐로 강하기 때문에 싸움을 경계해야 한다. 늙음에 이르러서는 혈기가 이미 쇠하였으니 탐욕을 경계해야 한다."

孔子曰 "君子有三戒 少之時 血氣未定
공 자 왈　　군 자 유 삼 계　소 지 시　혈 기 미 정

戒之在色. 及其壯也 血氣方剛 戒之在鬪.
계 지 재 색　급 기 장 야　혈 기 방 강　계 지 재 투 .

及其老也 血氣旣衰 戒之在得." <季氏>
급 기 로 야　혈 기 기 쇠　계 지 재 득 .　〈 계 씨 〉

---

**자구字句 해석**

삼계三戒 : 세 가지 경계할 일.　　소少 : 30세 이전.　　색色 : 여색.

장壯 : 30세에서 50세 사이.　　투鬪 : 싸움, 다툼.　　노老 : 50세 이상.

쇠衰 : 쇠하다, 약해지다.

득得 : 이득, 탐욕을 얻다, 혹은 재물이나 명성 따위를 얻다.

---

해설

이 구절에 대해 조선 후기의 실학자 안정복(1712~1791)은 〈삼계

三戒〉란 글에서 이렇게 설명하였다.

"젊을 때는 '혈기가 정해지지 않았으므로 여색을 경계해야 한다.'는 것은 '나이가 젊어 정력이 왕성하기 때문에 색욕을 금하기 어렵다. 만일 이때에 경계할 줄 모른다면, 작게는 몸을 망치고 목숨을 잃으며, 크게는 이름을 망치고 몸이 욕되기 때문이다.'

또 '혈기가 바야흐로 왕성할 때는 싸움을 경계해야 한다.'는 것은 '한창때는 혈기가 왕성하여 분노에 격동하기 쉬우므로 이를 절제하여 극복해야 한다.'는 것이다.

'늙어지면 혈기가 이미 쇠퇴했기 때문에 이득을 경계해야 한다.'는 것은 '사람들이 젊었을 때는 혈기가 쇠퇴하지 않았으므로, 선을 추구하고 명예를 추구하여 그런대로 볼 만한 것이 있지만, 정력이 쇠퇴하게 되면 후사에 대한 생각이 절실하기 때문에 공을 계산하고 이익을 가까이 하려는 생각을 떨쳐버리기 어렵다. 따라서 이를 경계해야 한다.'는 것이다.

생각건대, 군자가 마음을 다스림에 있어서는 마땅히 부끄러움이 없는 떳떳한 기개를 바탕으로 삼아서 혈기를 제어해야 한다. 그래야 비로소 부끄러움을 면할 수 있을 것이다."

조선 후기의 학자인 성대중(1732~1812)은 "여색은 몸을 해칠 뿐이고 싸움은 몸을 죽이기도 하지만, 탐욕을 경계하지 않으면 화가 심한 경우 집안을 망치기도 하며 적은 경우라도 몸을 망친다. 그러므로 군자의 삼계三戒 중에서 노욕老慾을 경계해야 하는 것이

으뜸이다."라고 하였다. 이에 반해 정조는 "아름다운 이성에게 홀리는 것에 대한 경계를 어찌 노년이라고 소홀히 하겠으며, 용맹함을 좋아하여 사납게 싸우는 것이 어찌 장년에만 있겠으며, 눈에 보이는 물건을 탐내는 마음을 어찌 청년이라고 경계하지 않겠는가? 이러한 점은 배우는 자가 스스로 말 밖에서 경각하는 마음을 갖고 종신토록 성찰하여 기개가 쇠해지지 않고 의로운 마음이 항상 앞서도록 해야 할 것이다. 본뜻에 있어서는 절대로 둥글둥글하게 말해서는 안 된다."고 하였다.

《논어》에는 군자가 지켜야 할 '삼계' 외에도 군자가 두려워해야 할 '삼외三畏'와 군자를 모실 때에 저지르기 쉬운 세 가지 잘못이라는 '삼연三愆'이 있다. 즉 삼외란 "천명을 두려워하며 대인을 두려워하며 성인의 말씀을 두려워하는 것이다." 또 삼연이란 "자기가 말하지 않아도 되는데 말하는 것은 조급하다고 하고, 자기가 말할 때가 되었는데 말하지 않는 것을 숨기는 것이라 하고, 낯빛을 보지 아니하고 말하는 것을 눈 먼 봉사라고 한다."는 것이다. '삼계'와 더불어 함께 익히면 군자를 이해하는데 도움이 될 것이다.

# 02

군자는 화합하면서도 부화뇌동하지 않는 반면에, 소인은 부화뇌동만 할 뿐 화합하지는 못한다.

君子和而不同 小人同而不和 〈子路〉
군 자 화 이 부 동  소 인 동 이 불 화 〈자 로〉

**자구字句 해석**

화和 : 조화, 화합, 협력.    동同 : 동화, 부화뇌동.

## 해설

본문은 《논어》〈위정〉편에 "군자는 두루 사귀되 패거리를 짓지 않고, 소인은 패거리를 짓되 두루 사귀지 않는다."고 한 것과 〈위령공〉편에 "군자는 긍지를 가지면서도 남과 다투지는 않고, 함께 어울리면서도 당을 짓지는 않는다."고 한 뜻과도 일맥상통한다.

화和와 동同에 대해서 《좌전》 소공 20년에 제나라 군주는 안자에게 "화와 동은 서로 다릅니까?"라고 물어본 적이 있었다. 이에 안자는 "다릅니다. 화는 국을 끓이는 것과 같아서 물과 불, 식초와 간장, 그리고 소금과 매실을 사용하여 고깃국을 끓일 때 장작으로 불을 때면서 조리사가 여러 가지 재료를 알맞게 넣어서 맛을 내는

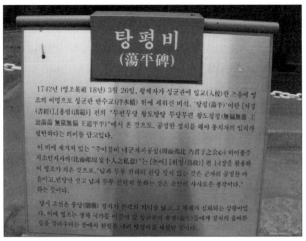

탕평비 안내문

것과 같습니다. 즉 모자라면 더 넣고, 지나치면 덜어냅니다. 군자
는 그것을 먹고 속이 편안해집니다. 군신 간의 사이에도 마찬가지
입니다. 군주가 좋다고 하나 부당하면 그 부당성을 말해서 좋은
것이 잘 이뤄지게 하는 것이 화이고, 군주가 좋다는 것을 좋다고
하고, 군주가 부당하다고 말하면 역시 부당하다고 말하는 것은 뇌
동이라고 합니다."

《국어》〈정어〉에서 사백은 "서로 다른 것들이 모여서 질서와 조
화를 유지하는 것이 화이다."라고 하였고, 주자는 "화는 거스르고
어기는 마음이 없는 것이요, 동은 아첨하고 빌붙는 뜻이 있다."고
하였으며, 윤돈은 "군자는 의리를 숭상하므로 동同하지 않는 것이
있고, 소인은 이득을 숭상하니 어떻게 화和할 수 있겠습니까?"라

고 해석하였다.

　조선조 당파 싸움이 가장 치열했던 때에 영조(1694~1776)는 반수교 위에 일체의 당파 싸움을 일삼지 말라고 탕평비를 세웠다. 그 내용은 "원만하여 편벽되지 않음은 곧 군자의 공심公心이요, 편벽되고 원만하지 않음은 바로 소인의 사심이다."라고 적었다. 이는 바로 위의 문장들을 응용하여 만든 글이다.

## 03

군자는 남과 다투는 일이 없다. 반드시 다툴 일이 있다면 활 쏘는 경쟁을 한다. 상대방에게 읍하고 사양하며 올라갔다가 활을 쏜 뒤에는 내려와 벌주를 마시니, 이러한 다툼이 군자다운 다툼이다.

君子無所爭　必也射乎!
군 자 무 소 쟁　필 야 사 호

揖讓而升　下而飮　其爭也君子 <八佾>
읍 양 이 승　하 이 음　기 쟁 야 군 자　〈 팔 일 〉

**자구字句 해석**

무소쟁無所爭 : 다투지 않는다. 쟁爭은 다툼.　필必 : 반드시.
읍양揖讓 : 예를 다하여 사양하다, 두 손을 앞가슴에 모으고 절하다.
사射 : 활쏘기.　승升 : 오르다.　하下 : 내려오다.
음飮 : 마시다, 본문에서는 벌주를 마시다는 뜻임.

해설

주나라 당시 학생들에게 가르친 기예는 예禮[예절] · 악樂[음악] · 사射[활쏘기] · 어御[말타기] · 서書[붓글씨] · 수數[수학] 등 육예六藝이다. 그중에 활쏘기가 있는데, 문무를 겸비한 인재 양성에 중요한 과목이었고, 일정한 규칙과 더불어 서로 다치지 않고 승패를 정확하게 가릴 수 있어서 점잖은 선비들에게도 많은 사랑을 받았다. 서로 사양하는 읍을 표시하고서 활 쏘는 곳에 올라 경쟁에 임하고, 지면 내려와서 벌주를 마시는 것으로 대신하였다고 한다.

국궁(활쏘기)

《예기》〈사의〉편에는 "활을 쏘는 것은 인仁의 도道다. 활을 쏘려면 자기 몸이 바르도록 해야 하며 몸이 바르게 된 다음 쏜다. 쏘아서 맞지 않으면 이긴 사람을 원망하지 않고, 오히려 자기한테서 잘못된 것을 찾는다. 활쏘기는 나아가고 물러서는 것이 반드시 예의에 맞아야 한다. 안으로는 뜻이 바르고 겉으로는 몸이 곧아야 한다. 그런 연후에 활과 화살을 들고, 몸과 마음이 제대로 되었는지 살피고 굳게 한다. 활과 화살을 심사숙고한 후에야 능히 적중할 수 있다고 말할 수 있다. 이것은 가히 군자의 덕행을 보는 것과 같다."고 하였다.

《중용》에도 "공자께서 말씀하셨다. 활쏘기는 군자와 비슷한 데가 있다. 정곡을 맞추지 못하면 오히려 자신이 잘못한 것을 찾는다."고 하였고 《맹자》〈공손추〉편에는 "어진 자는 활쏘기를 하는 것과 같으니 활을 쏘는 자는 자신을 바로잡은 뒤에야 발사한다. 발사한 것이 맞지 않더라도 자신을 이긴 자를 원망하지 않고 돌이켜 반성하면서 자신에게서 그 원인을 찾을 뿐이다."라고 하였다. 이는 논어 〈위령공〉편에 "군자는 스스로에게 잘못된 원인을 추구하고, 소인은 남에게 잘못된 원인을 추구한다."는 정신과도 부합된다.

활쏘기는 중국뿐만 아니라 우리나라에서도 왕으로부터 양반, 병졸과 서생에 이르기까지 크게 유행했다. 기실 우리 민족은 동이족 계열로 그 뜻은 '동쪽에 큰 활을 지닌 민족'이란 점에서 유전적으로 활쏘기에 능했다. 굳이 올림픽의 양궁에서 수십 년 동안 금메달을 휩쓰는 것을 들먹이지 않아도 역사상 무수히 많은 신궁들을 배출했다. 실제로 고구려를 건국한 주몽(동명성왕)부터 조선 왕조를 세운 태조 이성계에 이르기까지 역대 제왕과 장군들, 심지어 문인과 서생들도 활쏘기의 달인이 많았다. 고려 말의 문신인 이색은 〈만흥漫興〉이란 시 삼수三首에 문인들이 활쏘기 하는 정경을 다음과 같이 읊고 있다.

글 읽는 건 과녁을 맞히기와 마찬가지
활쏘기는 우리 유생과 닮았다네
다투는 것이 참으로 군자다워서
자질이 속 좁은 졸장부가 아니네

조선의 왕 정조도 '활쏘기는 우리 집안의 법도'라고 소개하면서 다음과 같은 말을 남겼다.

"사예射藝는 곧 우리 집안의 법도이니, 다만 내가 천성으로 활쏘기를 좋아할 뿐 아니라 매번 노력하지 않을 수 없음을 생각하여 더욱 노력하였다. 내가 왕으로 등극한 뒤에 근 20년 동안 일찍이 활을 쏜 적이 없었는데, 금년에 마침 성조聖祖[이성계]의 탄신으로 인하여 북도北道의 두 본궁本宮에 제물을 올릴 적에, 크신 공업功業에 감흥이 일어나 이날 다시 활쏘기 기예를 시험하여 40여 발을 명중시키고, 며칠 지나지 않아 모두 화살을 다 명중시켜 마치 귀신이 도운 듯한 감이 있었으니 진실로 우연이 아니다."

우리나라에 국난이 있었을 때에도 힘없이 보이던 서생이나 선비들이 의병장으로 활약했던 까닭은 그들이 평소 활쏘기 연습을 생활화했다는 것을 반증하고 있다. 그 저변에는 공자의 위 구절이 큰 역할을 했다.

## 04

공자께서 말씀하셨다. "군자는 아홉 가지 생각할 것이 있으니, 볼 때에는 밝게 볼 것을 생각하고, 귀로 들을 때에는 총명하게 생각하고, 안색은 온화할 것을 생각하고, 용모는 공손할 것을 생각하고, 말은 바르고 진실할 것을 생각하고, 남을 섬길 때에는 공경할 것을 생각하고, 의심스러운 것은 물어서 알 생각하고, 분노가 치밀 때에는 뒤에 닥칠 환난을 생각하고, 이득을 보게 되면 의리를 생각한다."

孔子曰 "君子有九思 視思明 聽思聰
공 자 왈　　군 자 유 구 사　　시 사 명　　청 사 총

色思溫 貌思恭 言思忠 事思敬 疑思問
색 사 온　모 사 공　언 사 충　사 사 경　의 사 문

忿思難 見得思義." <季氏>
분 사 난　견 득 사 의　　〈 계 씨 〉

┌─ 자구字句 해석 ─
구사九思 : 아홉 가지 생각.

시사명視思明 : 밝게 볼 것을 생각하다. 시視는 보다, 사思는 생각하다.

청聽 : 듣다.　　총聰 : 똑똑하다, 총명.　　색色 : 안색, 얼굴 표정.

온溫 : 따뜻하다, 온화하다.　　모貌 : 용모.　　공恭 : 공손하다.

언言 : 말, 말씀.　　충忠 : 바르고 진실되다, 충성, 충실.

사事 : 일, 섬기다.　　경敬 : 공경하다, 정중하다.

의疑 : 의심하다, 의혹되다.　　문問 : 묻다.　　분忿 : 성내다, 분노하다.

난難 : 어렵다, 환난.　　득得 : 얻다, 이득.　　의義 : 옳다, 의리.

해설

위 구절을 조선 후기의 학자인 윤휴는 '사람을 살펴보는 방도'라고 규정하면서 이렇게 설명하였다. "멀리 보는 것을 명明이라고 합니다. 덕德을 밝게 듣는 것을 총聰이라고 합니다. 부드럽고 화평한 것이 온溫입니다. 단정하고 엄숙한 것이 공恭입니다. 마음을 다하는 것이 충忠입니다. 두려워하여 삼가는 것이 경敬입니다. 문問이란 것은 다른 사람에게 의견을 묻는 것입니다. 난難이란 것은 일을 다스리기 어려운 것입니다. 의義란 것은 사사로이 하려는 마음이 없는 것입니다. 사람을 살펴보는 방도[觀人之道]로 그 하는 것을 보며, 그 말미암는 바를 보며, 그 편안하게 여기는 것을 보는 것입니다."

《예기》에도 위 구절과 유사한 〈구용九容〉이라는 것이 있다. 즉 "군자의 용모는 점잖고 조용해야 되는 것이다. 발은 진중해야 하며, 손은 공손해야 하며, 눈은 단정해야 하며, 입은 듬직해야 하며, 말소리는 조용해야 하며, 머리는 곧아야 하며, 기운은 엄숙해야 하며, 서 있는 모습은 덕스러워야 하며, 낯빛은 씩씩해야 한다."는 것이다.

이 '구사九思'와 '구용九容'에 대하여 조선의 대유학자인 율곡 이이는 "몸과 마음을 가다듬는 데는 구용九容보다 더 절실한 것이 없으며, 학문을 진취시키고 지혜를 더하는 데는 구사九思보다 더 절실한 것이 없다."라고 그 중요성을 강조하였고, 조선 후기의 실학자 안정복도 이렇게 말했다. "생각건대, 군자의 마음 씀은 오직 이치에 있을 뿐이다. 만일에 어떤 일을 처리하는 것이라면 다만 그 이치가 옳은가 그른가를 따져서 결행해야 한다. 구용九容은 외변에 있고 구사九思는 내면에 있으나 모두 '경敬'이라는 한 글자를 벗어나지 않는다. 이것이 이른바 외면을 절제하는 것이 내면을 배양하는 방법이라는 것이다."

장횡거(장재張載)

또 조선 후기의 유학자인 송준길(1606~1672)은 〈동궁의 영을 받아 구사구용의 병풍을 써서 올리다〉는 글에서 이렇게 말했다.

"도가 한없이 광대하니 어디서부터 손을 대야 하겠습니까? 오직 예만이 의거할 곳이 있을 뿐입니다. 구용과 구사가 모두 예에 속하니, 학문을 하는 자들이 먼저 이에 마음과 힘을 다한다면 의거해 지킴에 있어서 지향할 바를 알게 될 것입니다. 그러므로 송나라 유학자 장횡거(장재, 1020~1077)가 사람을 가르침에는 반드시 예를 근본으로 삼았습니다."

이처럼 중국뿐만 아니라 우리나라의 선비들도 '구사'와 '구용'을 익혀 바른 처신의 지침으로 삼았다. 조선의 실학자로 《연려실기술》을 저술했던 이긍익(1736~1806)은 "조선 중기의 학자인 이중호(1512~1554)가 일찍이 《맹자》를 읽다가 '사람은 누구나 모두 요순이 될 수 있다.'라는 구절에 이르러 드디어 깨달은 바가 있어 낮에는 외우고 밤이면 생각하여 말하기를, '동動하고 정靜한 것이나 말하고 침묵하는 것이 모두 하늘이니, 터럭 하나의 잘못으로 생성하는 이치가 문득 멈추게 된다.'고 하였다. 그리고는 구용과 구사를 대쪽에 새겨서 가죽 허리띠에 꿰어서 죽을 때까지 차고 있었다. 또 경敬·의義 두 글자를 구슬에 새겨서 홀笏 끝에 매달아 그 부딪치는 소리를 들을 때마다 실수가 있을까 깨우쳤다."라고 세인들에게 소개한 점을 살펴보아도 알 수 있다.

군자가 벼슬길에 나서는 것은 의로움을 실천하는 것이다.

## 君子之仕也 行其義也 〈微子〉
군 자 지 사 야   행 기 의 야  〈 미 자 〉

**자구字句 해석**

사仕 : 벼슬.　　행行 : 행하다.　　의義 : 의, 의리, 의로움.

해설

본 구절은 〈미자〉편에서 나온다. 한 번은 자로가 공자를 수행하던 중 뒤처진 적이 있었다. 이때 지팡이에 대바구니를 매달아 어깨에 걸친 노인을 만났다. 자로가 묻기를 "노인께서는 혹 저희 공자 스승님을 보셨는지요?" 노인은 "손발을 부지런히 움직여 일하지도 않고, 오곡을 구분할 줄도 모르면서 누가 스승이란 말인가?"라고 말하고 다시 지팡이를 세워 놓고 김을 맸다. 자로가 두 손을 공손히 모으고 서 있으니 노인이 자로를 붙잡아 자신의 집에서 하룻밤을 묵게 하였다. 닭을 잡고 기장밥을 지어 먹이고는, 그의 두 아들을 인사시켰다.

다음 날 자로가 공자에게 가서 이 사실을 말씀드렸다. 공자께서 말씀하시길 "그 사람은 은자로다."라고 하시며 자로로 하여금 되돌아가 다시 만나보게 하였으나, 자로가 도착해 보니 노인은 이미 떠나고 없었다.

이에 자로가 말하길 "벼슬하지 않는 것은 의義가 없는 것이니 장유長幼의 예절도 없앨 수 없는데, 어찌 군신의 의리를 없앨 수 있단 말입니까? 단지 내 한 몸을 깨끗이 하려고 오히려 큰 인륜을 어지럽히고 계십니다. 군자가 벼슬길에 나아감은 의로움을 실천하는 것이니, 도가 행해지지 않는다는 것은 이미 알고 계십니다."

이 고사와 유사한 경우도 있다. 장저와 걸익이라는 은자들이 함께 밭을 갈고 있었는데, 공자께서 지나가다가 자로를 시켜 나루터를 물어보았다. 장저가 말하길 "저기 수레 고삐를 잡고 있는 분은 누구신가?" 자로가 말했다. "공구[공자]이십니다." "그러면 노나라의 공자란 말씀인가?" 자로가 "네."라고 대답하자 장저는 "그는 마땅히 나루터를 알 것이다."라고 하였다.

자로가 걸익에게 물으니 그는 "당신은 누구인가?"라고 물었다. "저는 중유[자로]라고 합니다." "당신은 노나라 공자의 제자인가?" "네."

장저 長沮와 걸익 桀溺

또 걸익은 자로에게 "흙탕물이 도도하게 넘쳐흘러 천하를 넘실거리는데, 당신은 누구와 더불어 그것을 바꿔보려고 하는가? 당신은 사람을 피하는 선비를 따르기보다는 세상을 피하는 선비를 따르는 것이 어떠하겠는가?"라고 권유하고, 씨를 심고 흙은 덮는 일을 계속하였다.

자로가 수레로 돌아와서 그대로 보고하니, 공자께서 낙심한 표정을 지으시고 이렇게 말했다. "새와 짐승과 함께 무리를 지어 살아갈 수는 없으니, 내가 이 세상 사람들과 더불어 있지 않으면 누구와 함께하겠는가? 천하에 이미 도가 행해졌다면 내가 너희들과 함께 세상을 바꿔보려고 하지도 않았을 것이다."

본디 공자가 관리의 도리로 삼았던 것은 "천하에 도가 행해지면 나가고, 도가 없으면 들어가 숨어라."였지만 결국은 "쓰이면 도를 행하고 버려지면 물러나 은둔한다."는 것이다. 즉, 공자께서는 소극적으로 은둔하기보다는 세상에 도를 행하고 백성들이 살기 좋은 사회를 만들기 위하여 적극적으로 의를 실천하는 군자를 원했다.

앞에서 언급한 '노인'이나 '장저'와 '걸익' 같은 은자는 세상에 도가 있든 없든 간에 오로지 자신들만을 위해 고결하게 은둔생활을 하는 것에 대해, 공자께서 그들을 크게 비판하지는 않았지만 그렇다고 그들의 은둔생활을 동조한 것은 아니었다.

공자는 평소 "덕이 닦아지지 않는 것과 학문이 익혀지지 않는 것과 의로운 일을 듣고 실천하지 못하는 것과 잘못을 고치지 못하

는 것이 나의 근심거리이다."라고
하였는데, 그중에 의로운 일의 실
천을 매우 중시했다. 그래서 공자
는 "군자는 의를 으뜸으로 삼아야
한다. 군자가 용맹이 있고 의로움
이 없으면 혼란이 오고, 소인이
용맹이 있고 의로움이 없으면 도
둑질을 한다."라고 하여 '의'의
실천을 군자의 과업으로 삼았다.

공자孔子

이 때문에 〈위령공〉편에서 제자
들에게도 "무리 지어 종일 머물면서 의로운 말을 하지 않고, 작은
재주나 좋아하면 난감하다!"고 주의를 주었고, "군자는 의리를 기
본으로 하여 예의 있게 행동하고 겸손한 태도를 취한다."고 하였
다. 그리고 〈이인〉편에서는 "군자는 천하의 모든 일에 대해 꼭 그
래야만 한다는 것도 없고, 그래서는 안 된다는 것도 없으며, 오로
지 의에 비추어 행할 따름이다."라고 가르쳤다."

이러한 공자의 가르침을 받았던 자로는 의를 보다 적극적으로
실천할 수 있는 길은 나라에 벼슬을 하여 보다 많은 백성과 사회,
국가에 헌신하는 것으로 보았다.

# 06

군자는 그릇과 같지 않다.

## 君子不器 <爲政>
군 자 불 기 〈 위 정 〉

해설

'도道'와 '그릇'에 대해 《주역》〈계사전〉에는 "형태보다 위의
것을 도라고 하고 형태보다 아래의 것을 그릇이라고 한다."고 하
였고, 주자는 '덕과 그릇의 쓰임'에 대해 "그릇이라는 것은 각각
쓰임에 따라 맞는 것이 있어서 능히 서로 통하지 못하리라. 덕을
이룬 선비는 몸에 갖추어지지 않음이 없으리라. 그러므로 두루 쓰
이니 특별히 한 가지 재주나 한 가지 기예만을 일컫는 것이 아니
다."라고 설명하였다. 또 하안(?~249)은 "그릇은 각각 용도에 따라
쓰이는데, 군자는 쓰이지 않는 곳이 없다."고 하였다.

《예기》〈학기〉편에도 "큰 덕을 이룬 사람은 한 가지 관직에 국

한되지 않고, 큰 도를 이룬 사람은 하나의 그릇에 구애됨이 없고, 위대한 신의는 하나의 약속에 구애됨이 없으며, 위대한 시간은 하나의 절기에 구애됨이 없다."라고 하였다.

황간은 '군자와 그릇의 기능'에 다음과 같이 설명하였다. "군자된 사람은 모름지기 하나의 업을 지키는데 매달리지 말아야 함을 밝힌 것이다. 그릇이란 인간에게 한 가지 쓰임을 제공하는 물건이다. 예를 들자면 배는 바다에서는 두둥실 떠갈 수 있지만 산을 오를 수는 없는 것이다. 수레는 육지를 다닐 수는 있어도 바다를 건널 수는 없는 것이다. 군자는 당연히 그 재능과 업적이 두루 넓게 통하는 것이어야 하며 그릇이 한 가지 기능을 지키는 것과 같아서는 아니 되는 것이다."

공자는 여러 방면에서 다재다능한 기예에 능통했던 것으로 알려진다. 《논어》〈자한〉편에 의하면 어느 날 태제가 자공에게 이렇게 물었다. "공자께서는 성인聖人이신가, 어쩌면 그리도 능한 것이 많은가?" 자공이 대답했다. "진실로 하늘로부터 타고나신 성인인 듯하고, 또 능함도 많으십니다." 공자가 그들의 대화를 들으시고 말씀하셨다. "태제가 나를 알아보시는가? 나는 젊었을 적에 미천하였으므로 하찮은 일에 많이 능하다."고 하였다. 그러면서 공자는 "군자가 꼭 그런 다양한 재주를 가져야 하는가? 그럴 필요가 없다."고 하였다. 공자는 젊었을 때에 미천하여 어쩔 수 없이 다재다능한 기예를 익혔지만 군자가 되기 위해서 반드시 다방면의 재주와 기예에 능통할 필요가 없다고 주장하였다.

《논어》〈위령공〉편에서 공자가 자공에게 이렇게 말한 적이 있었다. "너는 내가 많이 배우고 잘 기억하는 사람이라고 생각하는가?" 자공이 대답했다. "네, 그렇지 않습니까?" 공자가 말씀하셨다. "아니다. 나는 한 가지 도리로 모든 것을 관통하고 있을 뿐이다."

여기서 한 가지 도리로 모든 것을 관통한다는 것은 바로 '도'를 지칭하는 것이다. 때문에 공자는 "아침에 도를 들으면 저녁에 죽어도 좋다."고 하였고 "도에 뜻을 두고, 덕을 굳게 지키며, 인에 의지하고, 예藝의 세계에서 노닐어야 한다."고 가르쳤던 것이다.

또한 공자의 제자 유자는 "군자는 근본에 힘써야 하니 근본이 서면 도가 생긴다."라고 하였으며, 자하도 "온갖 기능공들이 공장에 있으면서 그 일을 이루고, 군자는 배워서 그 도를 지극히 한다."라고 강조했던 것이다. 군자의 최종 목표는 그릇 같은 존재인 한 분야의 전문가가 되기보다는 다방면의 전문가들을 통솔할 수 있는 "도덕적인 지도자가 되어야 한다."는 뜻이다.

# 07

군자는 남의 아름다운 점을 도와서 이루게 하고 남의 악한 점을 못하게 하나, 소인은 이와 반대이다.

## 君子成人之美 不成人之惡 小人反是 <顔淵>
군자성인지미　불성인지악　소인반시　〈안연〉

**자구字句 해석**

성成 : 이루다.　　인지미人之美 : 남의 아름다운 점.

불성不成 : 이루지 못하게 하다.　　인지악人之惡 : 남의 악한 점.

반시反是 : 이와 반대이다.

### 해설

위 구절에 관련하여 《순자》에는 "군자는 남의 덕을 높이고 남의 아름다움을 찬양한다."라고 하였고, 한유(768~824)의 〈장중승전후서〉에는 "소인들은 남을 헐뜯어 말하기만을 좋아하고, 남의 아름다움을 이루어주는 일은 좋아하지 않는다."라고 하였다. 이는 군자와 소인의 차이점이라고 할 수 있다.

《맹자》〈공손추〉편에는 "위대한

한유韓愈

순임금은 이들보다 더 위대한 점이 있었으니, 선을 남과 공유하여 자신의 불선을 버리고 남의 선을 따르셨으며, 남의 선을 취하여 나의 선으로 만들기를 즐기셨다. 농사짓고 질그릇 굽고 고기 잡을 때부터 천자가 되어서까지 남에게서 선을 취하지 않은 적이 없었다. 남에게서 선을 취하여 나의 선으로 만드는 것은 남이 선을 행하도록 도와주는 것이다. 따라서 군자에게 있어서 남이 선을 행하도록 도와주는 것보다 큰일은 없는 것이다."고 하였다.

중국 춘추전국 시대에 장의(?~BC 309)와 소진(BC 337~BC 284)은 함께 귀곡 선생에게 유세하는 술책을 배운 동문사제였다. 그러나 소진은 스스로 장의에 미치지 못한다고 여겼다.

장의와 소진은 학업을 마치고 제후들에게 유세하였는데, 처음에 장의는 유세에 실패하고 소진이 먼저 성공하였다. 그는 제후들에게 당시 강성한 진秦나라의 위협에서 벗어나는 길은 오직 진나라를 제외한 나머지 6국(제·초·연·한·위·조)이 서로 연계하여 진나라에 대항해야 한다고 제후들을 설득하여 결국에는 6국의 재상이 되었다.

그러나 진나라가 각개전투로 6국을 침범하고 계속 위협을 가하자 제후들이 서로 배반하게 될까 두려웠다. 그래서 은밀하게 사람을 보내 장의에게 이렇게 권유하도록 하였다. "선생은 지금 6국의 재상인 소진과 동문사제로 서로 친밀하지 않습니까? 찾아가 도움을 청해 보도록 하시지요!" 이에 장의는 소진을 찾아가 만나기를 청했다. 소진은 미리 문지기에게 장의가 찾아오면 바로 들여보내지 말고 기다리게 하였다.

한참 후에 소진이 장의를 만나는 자리에서 그를 낮은 자리에 앉도록 하고, 하인들이 먹는 천한 음식을 주면서 이렇게 꾸짖었다. "자네의 재능으로 어떻게 남에게 수모 받는 처지가 되었는가? 내가 자네를 제후들에게 천거하여 부귀하게 만들 수 있으나 사실 자네는 그 정도로 쓸 만한 인재가 아니라네." 이 말을 들은 장의는 옛 동문에게 도움을 청했다가 도리어 씻을 수 없는 모욕을 받은지라 마침내 진나라로 떠나갔다.

소진은 장의가 떠나자마자 하인을 불러 이렇게 당부했다. "사실 장의는 천하에 현명하고 유능한 인물이네. 나도 그를 능가할 수 없다네. 하지만 내가 먼저 등용되었을 뿐이지 나중에 장의는 진나라의 실권을 잡고 천하를 호령할 사람이 될 것이네. 그러나 지금은 아무도 그를 알아주지 않고 천거할 기회도 없으니, 내가 일부러 그를 불러서 분발하게 만든 것이네. 그러니 자네는 뒤에서 장의가 눈치 채지 못하도록 하고 그를 보살펴주게!" 그리고는 금과 비단, 수레와 말을 하사하여 장의를 뒤따라 다니다가 장의가 어려워지면 도와주도록 하였다. 장의는 마침내 진나라 혜왕을 만나 유세에 성공하여 객경客卿(다른 나라에서 와서 재상의 자리에 오른 사람)이 되었다.

이에 소진의 하인이 장의에게 하직인사를 하고 돌아가려 하자

장의는 "당신의 도움으로 내가 진나라에서 큰 벼슬을 얻었고, 이제 곧 당신의 은덕을 보답하려고 하는 터에 무엇 때문에 떠나려고 합니까?"라고 물었다. 소진의 하인은 "사실 제가 선생을 도운 것은 모두 소진의 당부를 받고 한 일입니다. 소진은 합종설이 진나라에 의해서 깨질 것을 우려하여 선생을 분노하게 만들고, 진나라로 들어가 벼슬을 하도록 하여 장래를 대비한 것입니다. 이제 저의 임무가 끝났으니 돌아가겠습니다."

사실 장의는 소진의 합종설을 깨기 위해 6국이 진나라를 섬기는 연횡설을 주장하며 소진에게서 받은 모욕에 대한 복수를 하려 하였는데, 그의 말의 듣고서 "아! 내가 소진에게 미치지 못하는 것이 분명하다. 이 모든 것을 소진이 미리 계책을 짜두었으니, 내가 연횡설을 무리하게 추진하면 성공하지 못할 것이다. 아무튼 소진에게 고맙다는 인사를 전해 주고, 소진이 살아 있을 때까지는 내가 먼저 해치지 않겠다고 전해 주시오!"라고 말하였다.

장의는 약속대로 훗날 소진이 먼저 죽자 연횡설을 추진하여 진나라가 천하통일을 이루는 기반을 마련해 주었다. 단지 장의와 소진의 우정이 진실 된 것인지 아니면 자신들의 이익을 위해서 어쩔 수 없이 그렇게 행동했던 것인지에 대한 역사가들의 의견이 분분하다. 하지만 분명한 것은 같은 스승을 모신 동문으로 서로 장점을 인정해 주고 능력을 펼칠 수 있도록 배려했다는 것은 사실이다.

## 08

군자가 도를 배우면 사람을 사랑하고, 소인이 도를 배우면 부리기가 쉽다.

君子學道則愛人 小人學道則易使也 〈陽貨〉
군 자 학 도 즉 애 인   소 인 학 도 즉 이 사 야  〈 양 화 〉

**자구字句 해석**

학도學道 : 도道를 배우다.   즉則 : 곧. ~하면.
애인愛人 : 사람을 사랑하다.   이사易使 : 부리기 쉽다.

해설

본 구절은 공자의 제자 자유가 무성이란 고을에서 예악禮樂으로 덕치한 것을 설명한 가운데 나온 것이다. 즉, 한 번은 공자께서 제자 자유가 재상으로 있던 무성에 들어가니, 거문고에 맞추어 노래 부르는 소리를 들으시고 빙그레 웃으시면서 "어찌 닭을 잡는데, 소 잡는 큰 칼을 쓰겠느냐?"라고 하셨다. 이 말을 들은 자유가 이렇게 대답하였다. "스승님께서 예악으로 백성을 가르치면 도를 이루어, 사람들을 사랑하고 소인[백성]들을 부리기 쉽고 섬김을 얻게 될 것이라 하였기 때문에, 비록 작은 고을일지라도 그와 같이 하였습니다." 공자가 정색하고는 "네가 한 말이 옳도다. 아까 내가

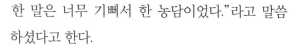

한 말은 너무 기뻐서 한 농담이었다."라고 말씀하셨다고 한다.

본문에서 나오는 도에 대해서 공자의 11대 세손인 공안국(BC 156?~BC 74)은 이렇게 설명하였다. "도는 예악을 이르는 것이다. 음악은 사람들을 화합하게 만들고, 사람들이 화합하면 부리기 쉬운 법이다."

조선 후기의 실학자 이익은 〈장상구현〉이란 글에서 이렇게 말했다. "군자가 도를 배우면 사람을 사랑하므로 그 베푸는 바가 처음부터 대소의 분별이 없었으니, 혹은 왕좌의 재주로써 백 리의 고을을 다스려 예악을 행하였고 혹은 덕 있는 자에게 예절을 다하여 스승의 교훈을 받았으며, 혹은 지혜가 미치지 못하고 일이 이치에 어긋날까 염려하여 어진 이를 구하는 데에 급급했으니, 이는 모두 공자가 끼친 교화였다."

공안국孔安國

## 09

군자의 허물은 일식이나 월식과 같아, 허물이 있으면 사람들이 다 보게 된다. 허물을 고치면 사람들이 다 우러러본다.

君子之過也 如日月之食焉 過也 人皆見之
군 자 지 과 야　여 일 월 지 식 언　과 야　인 개 견 지

更也 人皆仰之 <子張>
경 야　인 개 앙 지　〈 자 장 〉

---

**자구字句 해석**

과過 : 과실, 허물.　여如 : ~와 같다.

일월지식日月之食 : 일식과 월식.　개皆 : 모두.

견지見之 : 그것을 본다.

경更 : 고치다. 갱更자로 읽으면 다시하다는 뜻임.

앙지仰之 : 그것을 우러러본다.

---

해설

사람은 누구나 허물이 없기 어렵다. 그러나 자신의 허물을 알고 나면 고치려는 노력을 해야 하고, 그런 사람이야말로 군자가 될 수 있다. 《논어》〈자한〉편에는 공자가 "바르게 해주는 말을 따르지 않을 수 있겠는가? 그 말을 따라 고쳐야 귀하게 된다. 완곡하게

하는 말을 기뻐하지 않을 수 있겠는가? 실마리를 찾아야 귀하게 된다. 기뻐하기만 하고 실마리를 찾지 않거나 따르기만 하고 허물을 고치지 않는 것은 나도 어찌할 수 없다."고 하였다.

〈공야장〉편에는 공자가 "나는 자신의 허물을 보고서도 마음속으로 자책하는 사람을 보지 못하였다."라고 하여 스스로 허물을 고치는 사람을 쉽게 보지 못했다고 한탄한 적이 있다.

그러나 〈헌문〉편에는 위나라의 대부 거백옥이 한 번은 공자에게 심부름꾼을 보내 안부를 물어보았는데, 공자가 그와 더불어 앉아서 묻기를 "거백옥 선생께서는 지금 무엇을 하고 있습니까?"라고 물으니, 심부름꾼이 대답하기를 "선생께서는 자신의 허물을 적게 가지려고 노력하지만 능히 되지 않습니다."하고 나가자, 공자가 이르기를 "주인을 닮은 심부름꾼이다!"하고 찬탄하였다고 한다. 거백원의 자字는 백옥伯玉인데, 항상 자기반성을 통하여 허물 고치기를 좋아하였다고 한다. 그가 스스로 말하기를, "나이 50세에 49년 동안의 잘못을 알았다."고 하였고, 나이 60세에 60번 변화했다고 한다. 덕을 닦는 것을 쉬지 않아 늙어서도 게으르지 않았다는 것이다.

대개 세상에 알려진 성인이나 군자들은 자신의 허물을 고치는 데 부끄러워하지 않았다. 《맹자》〈공손추〉편에는 공자의 제자인 "자로는 허물이 있다는 말을 들으면 반가워했다."고 하였고 "하나라를 세운 우임금은 좋은 말을 들으면 상대방에게 절하였다."고 하였다. 춘추전국 시대에 제나라 환공을 패자로 만들어준 관중(BC 719~BC 645)은 "남들이 자신을 나무라며 간하는 말을 기쁘게 여겼다."고 하였고, 한나라 건국의 일등공신인 소하(BC 257~BC 193)는 아예 "자신의 허물을 적어 바치는 관리까지 만들어 스스로를 경계했다."고 전한다.

관중管仲

소하蕭何

주돈이周敦頤

북송의 철학자 주돈이는 《통서》에서, "성인은 하늘같이 되기를 희망하고, 현인은 성인이 되기를 희망하고, 선비는 현인이 되기를 희망

한다. 이윤과 안연은 큰 현인이었다. 이윤은 자기 임금이 요순 같은 성군이 되지 못함을 부끄럽게 여겼으며, 백성 하나라도 제 살 곳을 얻지 못하거든 자신이 시장에서 매를 맞은 것처럼 부끄럽게 여겼다. 안연은 노여움을 다른 데에 옮기지 않았고, 과실을 두 번 다시 되풀이하지 않았으며, 석 달 동안을 인仁에서 떠나지 않았다. 이윤이 뜻한 일에 뜻을 두고, 안자가 배운 것을 배운다면, 여기를 능가하면 성인이 되고, 여기에 미치면 현인이 될 것이며, 여기에 미치지 못하더라도 또한 훌륭한 명성은 잃지 않을 것이다."라고 하였다.

조선 중기의 학자인 이수광(1563~1628)은 '스스로 새롭게 경계하는 글' 이란 뜻인 〈자신잠〉에서 다음과 같은 시를 남겼다.


사람이 참으로 새로운 것을 얻으면
비록 늙어서도 새로워질 수가 있다네
허물을 잘 고치면 새로워지는 거고
착한 데로 나아가면 새로워진다네
옛것을 버리고 새것으로 나아가는 것을
일신一新이라고 하네
성현들의 도는 진정 새로운 것이거니
아주 오랜 옛날부터 길이 새로웠다네.

이는 이수광이 평소에 사사로운 욕심이나 그릇된 생각을 이겨내려고 노력한 점을 살펴볼 수 있다. 또 조선 중기의 문신 김성일(1538~1593)은 "다른 사람의 착한 행실을 들으면 반드시 귀 기울여 들으면서 탄복하였으며, 자신의 잘못을 알면 반드시 두려워하면서 즉시 고쳤다. 일찍이 배우는 자들에게 이르기를 '내가 평생에 걸쳐서 얻은 한 마디 말은, 나의 허물을 공격하는 자는 나의 스승이고, 나의 아름다움을 말하는 자는 나를 해치는 자이다.' 라는 말이다."고 하면서 이 글자를 가슴에 새겨두고 항상 자신을 독려했다고 한다.

중국 남북조 시대에 북제의 문학자인 유주(514~565)는 《신론》의 〈신독〉이란 문장에서 "홀로 서 있을 때는 그림자에 부끄럽지 않게 하고, 혼자 잠잘 때는 이불에 부끄럽지 않게 해야 한다."고 하였는데, 이는 옛 사람들이 얼마나 스스로 허물을 경계하고 반성하는지를 살펴볼 수 있다.

# 10

공자께서 말씀하셨다. "군자가 학문을 널리 배우고 예로써 요약한
다면 도에 어긋나지 않을 것이다."

子曰 "君子博學於文 約之以禮
자 왈   군 자 박 학 어 문   약 지 이 례

亦可以弗畔矣夫." <雍也>
역 가 이 불 반 의 부   〈 옹 야 〉

---

### 자구字句 해석

박학博學 : 넓게 배우다.  문文 : 학문.  약지約之 : 그것을 요약하다.

역亦 : 또한.    불반弗畔 : 위배되지 않다, 어긋나지 않다.

의부矣夫 : 모두 어조사로 '~것이다.'는 뜻임.

---

해 설

본문은 《논어》〈자한〉편에서 안연이 스승인 공자의 도에 대해서
감탄하며 술회한 뒤에 "스승님께서는 차근차근 사람을 잘 이끌어
주시면서, 학문으로 나의 지식을 넓혀주시고 예법으로써 나의 행
동을 단속하게 해주셨다."라고 말한 내용과 부합한다.

　위 구절에 대해 주자는 "군자는 배움을 널리 하므로 학문에 있
어 고찰하지 않음이 없고, 지킴은 요약하자 하므로 그 행동을 반

드시 예로써 하는 것이니, 이와 같이 하면 도에 위배되지 않을 것이다."라고 하여 '학문을 넓히고[博文]'와 '예로 요약한다.[約禮]'를 대등하게 나누어 설명하였다.

그러나 정자는 "널리 학문을 배우고 예로 요약하지 않으면 반드시 공허하고 허황함에 이를 것이니, 널리 배우고 또 능히 예를 지켜 법도를 따르면 또한 도에 위배되지 않을 것이다."고 하여 '예로 요약한다.[約禮]'는 것에 주안점을 두었다.

'박문'과 '약례'는 각각 '지식의 추구'와 '행동의 실천'을 의미한다. 따라서 널리 배우지 못했을 때에는 박문에 주안점을 두고 힘쓰며, 널리 배우고 난 뒤에는 약례에 주안점을 두어야 옳다. 박문약례는 군자나 선비가 마땅히 갖추어야 할 배움과 실천의 지침이다. 이러한 자세를 견지한 참된 유학자들을 흔히 볼 수 있는 것

박문약례(성균관)

은 아니다. 우리나라의 경우에 퇴계 이황 선생이 바로 그런 유학자로 숭배 받고 있다. 이는 정경세(1563~1633)의 〈도남서원에 다섯 선생을 향사하는 축문〉에서 살펴볼 수 있다.

> 문순공 퇴도 이황 선생은
> 경과 의를 공부하여 덕을 이루셨다네
> 예와 악을 자기 자신 몸에 두고
> 하신 공부는 박문약례 학문이었다네
> 이루신 공은 후학들이 나아갈 길을 열어주셨다는 것이네

# 11

공자께서 말씀하셨다. "바탕이 문체를 압도하면 촌스럽게 되고, 문체가 바탕을 압도하면 겉치레에 흐르게 되나니, 문체와 바탕이 조화를 이룬 뒤에야 군자라고 할 수 있다."

子曰 "質勝文則野 文勝質則史
자 왈   질 승 문 즉 야   문 승 질 즉 사

文質彬彬然後君子." <雍也>
문 질 빈 빈 연 후 군 자   〈옹 야〉

---

**자구字句 해석**

질質 : 본질, 본바탕.　승勝 : 이기다.　문文 : 문체, 외면.

야野 : 촌스럽다, 비루하고 소략하다.　사史 : 역사, 화려하다.

빈빈彬彬 : 적절하게 잘 조화를 이룸.　연후然後 : 그런 뒤에.

---

해설

이 구절에 대해 주자는 "배우는 자는 마땅히 남는 것을 덜어내고 부족한 것을 보충해야 함을 말씀한 것이니, 덕을 이룬 군자에게 이른다면 이렇게 되기를 기약하지 않아도 마땅히 이렇게 될 것이다."라고 하였고, 북송의 유학자인 양시는 "문체와 바탕은 서로 이겨서는 안 된다. 그러나 바탕이 문체를 이김은 그래도 단맛이

나면 중화시킬 수도 있고, 바탕이 흰색이면 그 위에 채색을 할 수 있는 것과 같다. 그러나 문체가 이겨 바탕을 없앰에 이른다면 그 근본이 없어지니, 비록 문체가 있은들 장차 어디에 쓰겠는가? 그렇다면 겉치레에 흐르는 것보다는 차라리 촌스러운 것이 나은 것이다."라고 하여, 문체와 바탕이 모두 중요하지만 그중에서 바탕이 더 중요하다고 설명하였다.

그러나 《논어》〈안연〉편에는 위나라의 대부 극자성이 자공에게 말하기를 "군자가 바탕이 진실하면 그만이지, 어찌 문체를 할 필요가 있습니까?"라고 하자 자공은 "애석하도다! 선생의 의견은 군자답기는 하나, 실수한 말은 4마리가 끄는 수레라도 따라잡지 못한다고 합니다. 문체도 바탕과 같은 것이며 바탕도 문체와 같은 것이니, 범이나 표범의 털 벗긴 가죽은 개나 양의 털 벗긴 가죽과 같은 것입니다."라고 하여 바탕과 문체가 모두 다 중요하다고 강조하였다.

남조 양나라의 유협(465?~520)은 《문심조룡》의 〈정채〉에서 "성현의 글을 '문장文章'이라 일컬으니, 이는 글에 '문체'가 있음이 아니고 무엇인가? 무릇 물의 속성이 허령하나 잔물결이 일고, 나무의 몸체는 충실하여 꽃이 피니, 이는 문체가 바탕에 종속됨을 말한 것이다. 그러나 호랑이와 표범에 무늬가 없다면 그 가죽은 개나 양의 것과 같을 것이다."라고 하여 역시 바탕과 문체가 조화를 이루는 것이 좋다고 하였다.

문체와 바탕은 '형식과 내용', '말[言]과 실천[行]', '명분과 실리'로도 비교할 수 있다. 무슨 일이든지 형식과 내용은 서로 합치해야 더 빛을 발하며, '언행일치'와 '명실상부'해야 비로소 성숙하고 더욱 완벽해질 수 있는 법이다.

# 12

자하가 말하였다. "군자는 믿음을 얻은 다음에야 백성을 부려야 하나니, 믿음을 얻지 못하면 저희를 혹사시킨다고 여긴다. (임금에게) 믿음을 얻은 다음에야 간언할 수 있나니, 믿음을 얻지 못하면 자기를 비방한다고 여긴다."

子夏曰 "君子信而後勞其民　未信則以爲厲己也.
자 하 왈　군 자 신 이 후 노 기 민　미 신 즉 이 위 려 기 야

信而後諫　未信則以爲謗己也." <子張>
신 이 후 간　미 신 즉 이 위 방 기 야　　〈 자 장 〉

---

**자구字句 해석**

신信 : 믿음, 신의.　　노기민勞其民 : 백성을 수고롭게 한다, 부리다.

미신未信 : 믿음 또는 신임을 얻지 못하다.

려기厲己 : 자기를 괴롭힌다, 혹사시키다.

간諫 : 간하다, 간곡하게 말을 올리다.

방기謗己 : 자기를 헐뜯다, 비방하다.

---

해 설

이 구절에 대해 주자는 "윗사람을 섬기고 아랫사람을 부릴 때에는 반드시 성심성의를 다해 서로 믿음이 생긴 후에야 비로소 일을

할 수 있는 것이다."라고 설명하였다.

조선의 왕 정조는 과거시험에서 '신信'을 문제로 내면서 그 중요성을 이렇게 설명했다. "왕은 말하노라. 신信이란 군주의 큰 보배이다. 사덕四德인 '인仁 · 의義 · 예禮 · 지智'의 바탕이 되고, 모든 선善의 주인이다. 사람이면서 신의가 없으면 사람일 수 없으며 나라에 신의가 없다면 나라가 유지될 수 없으니, 그 용도가 어찌 크지 않겠느냐? ……대체로 신信이라는 한 글자는 바로 위아래를 유지하고 사람의 마음을 굳게 맺는 긴요한 도리이다. 군주는 이것으로 아래를 거느리고 신하는 이것으로 위를 섬기면 위에서는 의구심이 없으며 아래에서는 흐트러지지 않게 된다. 국가가 태평한 시절에는 임금이 가장 믿는 신하에게 의지하고, 국가가 어려운 시기에는 발과 다리가 머리를 감싸게 된다. 이것이 옛 성왕이 장구한 치안을 유지한 계책이다."

무왕武王

중국의 최초 왕국인 하나라가 걸왕 대에 와서 은나라의 탕왕에게 망하고, 은나라의 주왕이 주나라의 무왕에게 망한 이유는 바로 백성을 가혹하게 부리고, 아첨하는 신하를 중용하고 충신을 배척하였으며 결국 여러 제후들의 믿음을 사지 못한 까닭이었다. 특히 은나라의 주왕은 황음무도

하고 포악했으며 궁전에 주지육림(연못을 술로 채우고, 나무에 고기를 걸어두고 배를 타고 다니면서 즐김)'을 만들고 미녀 달기를 기쁘게 하게 위해 수시로 봉화를 올려서 사방에 제후들의 군대를 불러 모았다. 그러다가 폭정에 못 견딘 주나라 무왕의 공격을 받게 되자 다급한 주왕은 봉화를 올려 사방에 제후들의 군대를 불러 모았지만 평소에 번번이 속았던 제후들은 아무도 주왕을 믿지 않고 도와주러 오지 않아서 마침내 멸망하고 말았다.

《여씨춘추》에는 그 까닭을 이렇게 설명하고 있다. "탕왕이나 무왕이 천하를 차지하게 된 까닭은 비록 나라는 작아도 다만 자기 백성을 잘 부려 썼을 뿐만 아니라, 또한 다른 백성들을 잘 부려 썼기 때문이다. 자기 백성도 아닌데 잘 부려 쓰면 나라가 비록 작아도 병졸이 비록 적어도 오히려 대업을 이룰 수 있는 것이다. 그러므로 옛날의 많은 제왕은 미천한 신분에서 일어나서 천하를 평정하였는데, 모두 자기 소유가 아닌 백성들을 잘 부려 썼다. 그리고 자기 소유가 아닌 백성들을 부려 쓰는 마음은 그 근본을 살피지 않을 수 없으니, 삼대[하夏·은殷·주周]의 도가 둘이 아니요, 신의로써 법도를 삼은 까닭이었다."

# 13

공자께서 말씀하셨다. "명命을 모르면 군자가 될 수 없고, 예禮를 모르면 세상에 나설 수 없으며, 말을 모르면 사람을 알 수 없다."

子曰 "不知命 無以爲君子也 不知禮 無以立也
자 왈   부 지 명   무 이 위 군 자 야   부 지 례   무 이 입 야

不知言 無以知人也." <堯曰>
부 지 언   무 이 지 인 야      〈요 왈 〉

---

**자구字句 해석**

부지不知 : 모르다.　　명命 : 천명, 운명,

무이無以 : ~할 수 없다, ~될 수 없다.

예禮 : 예, 예절.　　입立 : 서다.　　언言 : 말, 말씀.

지인知人 : 사람을 알다.

---

해 설

명命을 안다는 '지명知命'은 천명을 안다는 '지천명知天命'을 뜻한다. 공자는 나이 50세에 "천명을 알았다."고 술회한 바가 있다. 그러면 천명은 무엇인가? 《예기》〈중용〉편에는 "하늘이 명한 것[天命]을 '성性'이라 하고, 성에 따름을 '도道'라 하고, 도를 닦는 것을 '교教'라고 한다."고 하였다. 여기서 하늘이 명한 것인 성性은 바

로 인간의 '본성本性' 혹은 '이성理性'을 지칭한다.

《주역》〈설괘전〉에는 "이치를 궁구하고 성性을 다하여 천명에 이른다."고 하였다. 이에 대해 북송의 유학자 정이(1033~1107)는 "성性을 다하여 천명에 이르는 것은 반드시 효도하고 공경함을 근본으로 하며, 이치를 연구하고 조화를 아는 것은 예와 음악에 통함을 알았다."고 하였고 또 "물 뿌리고 청소하고 응하고 대답함으로부터 이치를 궁구하고 성을 다함에 이르렀다."고 하였다.

《맹자》에는 "그 마음을 다하는 자는 성性을 알 수 있으니, 성을 알면 천명을 알게 된다."고 하였다.

일반적으로 천명은 하늘의 명령, 우주의 질서, 자연의 규칙을 가리킨다. 사람은 하늘과 더불어 자연 속에서 유기적인 관계를 지니고 있기 때문에 상호간에 절대적인 영향을 미치고 있다. 이 때문에 고대 유학자들은 사람들이 모두 천성天性을 지니고 있다고 믿었으며, 특히 성선설을 주장하는 유학자들은 사람의 본성은 원래 태어날 때부터 모두 착했으나, 습관에 의해 차츰 본성과 멀어진다고 생각하였다. 그래서 사람들은 습관에 의해서 멀어진 본성, 즉 천성을 되찾고 연구하는 것을 매우 중요하게 생각했다.

이 천성에 대해서 반고(32~92)는 《한서》〈동중서전〉에서 "천성이 밝아야 자기가 만물보다 귀함을 알고, 만물보다 귀함을 알고 난 후에야 인과 예를 알게 된다. 인과 예를 알고 난 후에 예절을 중히 여기게 되고, 예절을 중히 여긴 후에야 선을 행함에 편안함

반고班固

을 느끼게 되고, 그런 후에야 도리를 따르고 즐기게 되며, 도리를 따르고 즐기게 된 후에야 군자라 할 수 있다. 그래서 공자께서는 '명命을 알지 못하면 군자가 될 수 없다.'고 하셨던 것이다."라고 설명했다.

중국의 학자 남회근(1918~2012)은 "명命의 진정한 의미는 우주의 법칙, 사람의 일, 사물의 이치, 역사의 흥망성쇠 등 시간과 공간을 아우르는 그 원인과 결과를 깨닫고, 시대의 추세와 자신을 둘러싸고 있는 환경을 정확히 이해하지 못하면 군자가 될 수 없다."는 뜻이라고 주장하였다.

예禮의 중요성에 대해서 공자는 《논어》에서 무수한 가르침을 펼쳤다. 특히 "예를 알지 못하면 설 수 없다."는 것에 대해서 공자는 〈계씨〉편에서 마침 정원을 지나가는 아들 공리를 불러서 "예를 배웠느냐! 예를 배우지 않으면 설 수 없다."고 가르쳤다. 이에 대해 주자는 "예를 배우면 품행과 절개와 지조가 자세하고 밝아지며 어질고 너그러운 품성이 굳

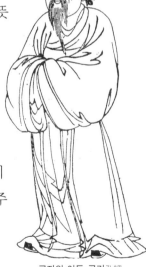
공자의 아들 공리孔鯉

게 정해진다. 그러므로 설 수 있는 것이다." 또 "예를 알지 못하면 더할 곳이 없고 손과 팔을 둘 곳이 없게 된다."라고 설명하였다. 최근의 중국 학자 양백준(1909~1992)은 "예가 아니면 사회에 설 근거가 없다."로 해설하였다.

　조선 중기의 학자인 허목은 〈예설〉에서 "예라는 것은 자연의 이치를 규범화한 것이고, 사람이 하는 일의 표준과 법칙이 되니 도덕과 인의仁義, 백성을 교육하고 풍속을 바로잡는 것, 군신과 상하관계, 부자간과 형제간의 도리, 스승을 존경하고 벗을 친애하는 것, 그리고 상제上帝에게 지내는 '인사禋祀', 천자를 알현하는 '조근朝覲', 예를 갖추어 남을 방문하는 '빙문聘問'과 손님을 불러 잔치를 베풀고 대접하는 '연향宴享', 정벌, 성년 의례를 치르는 예식인 '관례'와 '혼례', 활쏘기 경기인 '연사燕射', 학교의 교육, 일반적인 백성의 윤리와 사물의 법칙이 예가 아니면 확립되지 않는다."고 하였다.

　한 마디로 예는 공자의 핵심 사상인 인을 펼치는 구체적인 행위라고 할 수 있다. 즉, 한 개인이 한 가정에서부터 시작하여 원만한 대인관계를 유지하고, 더 나아가 사회와 나라에 봉사하고 충성하기 위한 모든 행동의 기준이 되는 것이라고 할 수 있다. 따라서 예가 아니면 설 수 없다고 주장하는 것이다.

　"말을 알지 못하면 사람을 알 수 없다."는 것에 대해 주자는 "말의 잘잘못에 사람의 간사함과 올바름을 판단할 수 있다."고 해설하였다. 《맹자》에는 공손추가 맹자에게 "남의 말을 잘 안다는 것은 무엇을 말하는 것입니까?"라고 질문한 적이 있었다. 그러자 맹자는 "한편으로 치우친 말을 하는 사람은 무엇을 감추고 있는지를 알 수가 있고, 음탕한 말을 하는 사람은 어딘가 빠져 있음을 알 수가 있으며, 사악한 말을 하는 사람은 어딘가 도리에 벗어나 있음을 알 수가 있으며, 회피하는 말을 하는 사람은 어딘가 궁지에 몰려 있음을 알 수가 있다. 만약 이 네 가지의 바르지 못한 생각이 사람의 마음속에 생겨나게 되면 반드시 그 정치에도 피해가 올 것이고, 정치에 피해가 올 것 같으면 그 사람의 행동에도 반드시 피해가 올 것이다. 그러므로 성인聖人이 다시 나타난다 할지라도 내 말을 따르게 될 것이다."라고 하였다.

공묘孔廟(공자를 모시는 사당)

공묘孔廟 대성전(산동성 곡부 소재)

# 부 록

《공자성적도孔子聖迹圖》로 살펴보는 공자의 일대기

# 01 니산치도尼山致禱

## 니구산에서 기도하여 공자를 낳다

공자는 노魯나라 창평향 추읍에서 태어났다. 그의 선조는 송나라 사람으로 공방숙이었다. 공방숙은 백하를 낳았고 백하는 숙량흘을 낳았다. 숙량흘의 부인은 시씨施氏로 딸 아홉을 낳았는데, 아들이 없었다. 그래서 첩을 들여 아들 맹피孟皮를 낳았는데, 다리에 질병이 생겨 후사를 이을 형편이 못 되었다. 숙량흘은 나이가 66세가 되던 때에 다시 후사를 잇기 위해 당시 18세인 안징재顔徵在와 부부의 연을 맺었다. 그 이듬해 안징재는 니구산尼丘山에서 기도를 올려 공자를 낳았다. 이때가 노나라 양공 22년(BC 551년 9월 28일)이었다. 공자는 태어나면서 정수리 중간이 낮고 주변이 높았는데, 마치 니구산의 모습과 닮아 이름을 '구丘'라고 하였고, 자를 '중니仲尼'라고 하였다.

# 02 조두예용 俎豆禮容

## 조두를 차려놓고 제사놀이를 하면서 놀다

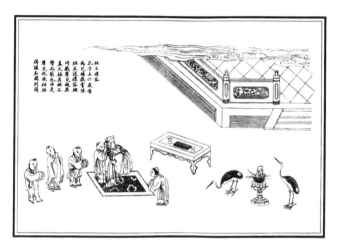

공자가 3살 때 아버지 숙량흘이 세상을 떠났다. 공자는 5, 6세 무렵부터 마을 아이들과 놀 때에는 늘 조두俎豆(祭器)를 차려놓고 함께 노는 아이들에게 예용禮容(제사 지내는 법)을 알려주었는데, 이는 보통 아이들과 아주 다른 점이었다. 그리하여 여러 아이들은 그를 본받아 서로 읍양揖讓(손님과 주인이 서로 인사하는 예법)의 예禮를 할 줄 알게 되었다.

# 03 태묘문례 太廟問禮

## 태묘에서 예절을 묻다

　　공자가 일찍이 태묘太廟(종묘宗廟로 노나라 주공周公의 묘)에서 제사 받드는 일을 도왔는데, 매사마다 그 예법을 일일이 물으니 어떤 이들은 말하기를 "추인[공자의 부친이 추읍의 대부였기 때문에 추인이라고 함]의 후예[공자]가 예禮를 안다고 누가 말하였느냐? 태묘에 들어와 매사를 꼬치꼬치 묻는다오."라고 비아냥거렸다. 이에 공자께서는 "태묘에 들어가면 매사 묻고 그 대답을 들어야 하느니라. 이것이 바로 예禮이다."라고 말씀하셨다.

# 04 문례노담問禮老聃

노자를 만나 예에 대하여 묻다

　공자가 34세가 되던 해, 노나라의 실권자 중 하나인 대부 맹희자의 아들인 맹의자와 남궁경숙이 찾아와 공자께 예禮를 배웠다. 이 무렵 공자는 남궁경숙과 더불어 주周나라에 가서 도가道家의 창시자로 알려진 노담老聃노자에게 예禮를 물었다. 이는 노담이 주나라 왕실의 서적을 담당하는 관리였기 때문에 고대부터 전해진 예를 자세히 알고 있었고 지혜로웠기 때문이었다. 또한 공자는 장홍에게 음악에 대해 물었다.

# 05 관향인사 觀鄕人射

마을 사람들의 활 쏘는 모습을 지켜보다

《예기禮記》에 활 쏘는 것은 인仁을 행하는 방도라고 했다. 활쏘기는
자기 자신에게서 바른 것을 구한다. 몸을 바르게 한 뒤에야 쏠 수 있
고, 쏘아서 맞추지 못하더라도 나를 이긴 자를 원망하지 않고 돌이
켜서 자신에게 그 잘못을 구할 따름이다. 공자께서 말씀하시기를
"군자는 다툴 것이 없으나, 반드시 다툰다면 활쏘기로 한다. 먼저 상
대에게 예를 갖추어 활 쏘는 데로 오르고 지면 내려와서 벌주를 마신
다. 그런 다툼이 군자다운 것이다."라고 하였다.

# 06 태산문정 泰山問政

## 태산에서 정치를 논하다

　공자가 제자들을 거느리고 제齊나라에 가려고 태산泰山을 지나가는데 한 여인의 애절한 울음소리가 들려왔다. 그 소리를 들은 공자께서는 "이 울음 속에는 마치 거듭되는 근심이 있는 듯하다."고 말씀하시면서 자공子貢으로 하여금 그 사연을 물어보라고 하였다.

　자공이 가서 물어보니 그 여인은 "전에 시아버지가 호랑이에게 물려 죽었고, 내 남편도 또 호랑이에게 죽었는데, 지금 내 아들마저 호랑이에게 물려 죽었습니다."라고 하소연하였다.

　자공이 "그러면 어찌하여 이곳을 떠나가지 않았습니까?"라고 물으니, 그 여인은 "하지만 이곳엔 가혹한 정치가 없어요."라고 대답하였다. 공자께서 자공으로부터 이 말을 전해 듣고 제자들에게 "가혹한 정치는 호랑이보다도 더 무서운 것이다."라고 가르쳤다.

# 07 시수정악詩修正樂

《시경》을 편수하고 음악을 바로잡다

　　공자가 42세 되던 해에 노나라의 소공昭公이 세상을 떠나고 정공定
公이 즉위하자, 계씨季氏가 정권을 쥐고 대부의 신하들이 나라의 명
령을 멋대로 집행하니 나라는 극도로 어지럽게 되었다. 이에 공자는
벼슬을 그만두고 물러나와 시서예악詩書禮樂을 정리하고, 이를 가지
고 가르치니 사방에서 제자들이 모여들었다.

# 08 무우종유舞雩從游

무우대를 거닐면서 학문을 논하다

번지樊遲가 기우제를 지내는 단인 무우舞雩 아래에서 공자를 모시고 노닐 때 물었다. "스승님, 어찌해야 덕德을 높이고, 나쁜 마음을 없애고, 미혹됨을 분별할 수 있겠습니까?"

이에 공자께서는 "좋은 질문이다! 먼저 일을 하고 대가를 뒤로 하는 것이 덕을 높이는 것이 아니겠느냐? 자신의 나쁜 점을 다스리고 남의 나쁜 점을 꾸짖지 않는 것이 마음속의 사특함을 다스리는 것이 아니겠느냐? 일시적 분노로 자신을 잊고 어버이에게까지 화가 미치게 하는 것이 미혹됨이 아니겠느냐?"라고 가르쳐주었다.

# 09 보유수사 步游洙泗

제자들과 강변을 거닐며 학문을 논하다

　　노나라 견성 동북쪽에는 수수洙水와 사수泗水라는 두 강이 있었는데, 공자는 이 강가를 거닐면서 제자들을 가르치고 계셨다. 그런데 공자가 천천히 한 발자국 옮겨 놓으면 제자 안연顔淵도 천천히 한 발자국 옮겨 놓았고, 공자가 빠르게 한 발자국 옮겨 놓으면 안연도 또한 빠르게 한 발자국 옮겨 놓으며 그대로 따라했다. 이는 무엇이든 스승을 닮으려는 제자의 행동에서 비롯된 것이다.

# 10 사자시좌四子侍坐

네 명의 제자를 곁에 앉히고 포부를 묻다

　자로, 증석, 염유, 공서화가 공자를 모시고 앉았다. 공자께서 각자의 포부를 물어보았다. 먼저 자로는 "천승의 나라가 대국 사이에 끼어 견제와 침략을 받고 기근까지 겹쳐도, 제가 다스리면 3년 안에 백성을 용맹스럽게 만들고 바른 도를 알게 하겠습니다."라고 말하니 공자께서 껄껄 웃으셨다. 염유는 "작은 나라를 제가 다스리게 된다면 3년 안에 백성을 풍족하게 할 수 있습니다. 그러나 예와 악 같은 일은 군자의 힘을 빌려야 할 것 같습니다."라고 말했다. 공서화는 "제가 능력이 많지 않으나 종묘에서 제사 지낼 때와 제후들이 회동할 때에 검은 제복을 입고 갓을 머리에 쓰고 좀 도와주고 싶습니다."라고 말했다. 이때 증석이 곁에서 비파를 치다가 젖혀두고 말했다. "저는 늦은 봄옷이 만들어지면 갓 쓴 이 대여섯 사람과 동자 예닐곱과 기수에서 목욕하고 무우에서 바람을 쐬다가 시를 읊으면서 돌아오겠습니다." 이 말을 듣고 공자께서 감탄하면서 "나는 증점(증석, 증자의 부친)과 같이 하겠노라."고 말씀하셨다.

# 11 과정시례 過庭詩禮

정원에서 아들에게 《시경》과 《예기》를
배우도록 가르치다

　공자가 홀로 서 계신데, 아들 리鯉가 정원을 지나가고 있었다. 공자
가 그를 불러 세우고 "시詩를 배우고 있느냐?"라고 물으셨다. 리가
"아직 시詩를 배우지 못하고 있습니다."라고 대답하니, 공자는 "시를
배우지 않으면 남 앞에서 할 말이 없느니라."라고 일러주셨다. 이에
리는 물러나와 시를 배우기 시작하였다. 또 어느 날 리가 정원을 지
나갈 때에 공자가 "예禮를 배우고 있느냐?"라고 물으셨다. 리가 "아
직 예를 배우지 못했습니다."라고 하자, 공자는 "예를 배우지 않으면
남 앞에 설 수가 없느니라."라고 가르치셨다. 이에 리는 물러나와 바
로 예를 배우기 시작하였다.

# 12 화행중도化行中都

중도재의 임무를 성실히 수행하다

공자가 노魯나라의 중도재中都宰(중도라는 고을을 다스리는 재상)가
되셨을 때의 일이었다. 공자는 백성들에게 생활 방식과 장례 절차를
제정하여 시행하도록 하셨다. 즉, 어른과 어린이는 먹는 것을 다르
게 하고, 강한 자와 약한 자는 그 소임을 다르게 하며, 남녀는 같은
길로 다니지 않고, 길에 떨어진 물건이 있어도 줍지 않으며, 그릇에
는 거짓된 그림을 그리지 못하고, 물건의 가격은 조작하지 못하며,
사촌四寸의 관棺과 오촌五寸의 곽槨(겉관)을 쓰게 하고, 무덤은 언덕
에 쓰되 봉분을 만들지도 나무를 심지도 말아야 한다는 것 등이다.
이렇게 1년 동안 정사를 시행하였더니 사방의 제후들이 이것을 본받
았다.

# 13 협곡회제 夾谷會齊

협곡에서 제나라와 노나라 군주가 회합을 가지다

　　노정공과 제경공이 협곡 회담을 할 때 제나라에서는 기회를 틈타 정공을 위해할 계획을 세웠다. 공자는 그 사실을 미리 예측하고 무사들을 동행하고 회담에 참석하였다. 간단한 의식을 마치자 제나라에서 먼저 오랑캐 음악을 연주하면서 창칼을 들고 북을 치며 노래하였다. 이에 공자는 "두 나라 군주의 친목을 위한 회담에서 오랑캐의 음악이 무슨 필요가 있습니까? 물리쳐주십시오."라고 항의하여 중단시켰다. 그러자 제나라에서 궁중 음악을 연주하면서 광대와 난쟁이가 앞으로 나왔다. 이때도 공자는 "필부匹夫로 제후들을 현혹시키는 자는 죽어 마땅합니다."라며 그들의 목을 치게 하니 제경공은 두려워 철수하고 말았다. 협곡 회담 후 경공은 자신의 신하들에게 "노나라에서는 군자의 도리로 임금을 보필하는데, 그대들은 오랑캐의 도리로 나를 보좌하여 죄를 범하게 하는가?"라고 꾸짖으며 이전에 노나라에서 빼앗았던 운, 문양 등의 고을을 돌려주고 사과하였다.

# 14 예타삼도禮墮三都

예의 법도에 따라 세 곳의 성곽을 헐다

　공자의 나이 55세인 노나라 정공 13년, 공자는 정공에게 나라의 기강을 바로잡기 위해 이렇게 말했다. "신하는 무기를 비축해서는 안 되고, 대부는 사사로운 성을 쌓아서는 안 됩니다." 그리고는 노나라의 실권을 쥐고 있는 맹손, 숙손, 계손씨 등 세 대부들이 사사로이 소유한 성곽을 순차적으로 허물 것을 건의했다. 그 결과 숙손씨의 성읍인 '후'와 계손씨의 성읍인 '비'는 함락시켰으나, 맹손씨의 성읍인 '성' 땅은 맹손씨의 저항으로 함락시키지 못했다. 다음 해 공자는 대사구로서 재상을 맡아 3개월이 지나자 장사하는 사람들이 값을 속이지 않았고, 남녀가 길을 갈 때 따로 걸었으며, 길에 떨어진 물건을 주워가는 사람도 없어질 정도로 풍속이 교화되고 나라가 잘 다스려졌다.

# 15 영공교영 靈公郊迎

## 위나라 영공이 교외에 나와 공자를 영접하다

　　공자가 노나라의 정치를 맡아 잘 다스리는 것을 보고 제나라에서
크게 위협을 느껴 이간책을 벌여서 공자가 벼슬을 그만두게 만들었
다. 이에 공자가 노나라를 떠나 위衛나라에 도착하니, 위나라 군주
영공靈公은 매우 기뻐하면서 교외에 나와 그를 영접하였다. 영공은
공자가 노나라에 계실 때 봉록으로 조[곡식] 6만 두를 받았다는 말을
듣고 위나라에서도 조 6만 두를 드리기로 하였다.

# 16 광인해위 匡人解圍

## 광 지역의 사람들이 포위망을 풀다

　위나라에서 공자를 대외적으로는 지극한 예로 대접하였으나 실질
적인 직책은 맡지 않아서 공자 일행은 위나라에서 다시 진나라로 가
는데 광 지역을 지나야 했다. 그런데 노나라의 양호陽虎가 이전에
광 지역에서 폭정을 하여 원성이 자자했다. 공자 일행이 광 지역
을 지날 때에 공자의 모습이 양호와 닮았다고 하여 광나라 사람들이
닷새 동안 잡아두었다. 제자들이 불안해하자 공자는 "주周나라의 문
왕文王은 이미 돌아갔지만 그가 이룩한 문화는 나한테 전승되지 않
았는가! 하늘이 이 문화를 없애버리려 하였다면 그 문화가 나에게
전승되지 않았을 것이다. 지금 하늘이 이 문화를 없애버리려 하지
않는데 하물며 저 광匡사람들이 나를 어찌 하겠느냐"라고 말씀하셨
다. 그리고 공자는 사람을 위나라의 대부 영무자에게 보내어 중재를
요청하니, 광 지역의 사람들이 스스로 포위를 풀었다.

# 17 오승종유五乘從游

공양유가 다섯 채의 수레를 끌고 공자를 따르다

　공자께서 진陳나라로부터 위衛나라로 가기 위해 포蒲라는 고을을 지나갈 때의 일이었다. 때마침 그곳에서 위나라에서 반란을 일으킨 공숙씨公叔氏의 무리를 만났는데 그는 포의 언덕에서 공자 일행의 앞길을 막았다. 그러자, 제자 가운데 공양유公良孺란 사람이 있었는데 그는 자기 소유의 수레 다섯 채를 가지고 공자를 따라오고 있었다. 그는 키가 크고 사람됨이 어질며 용기와 힘이 있었는데, 공숙씨의 무리를 보고는 이렇게 말했다. "내가 이전에 스승님을 모시고 따라올 때도 광 사람들에게 재난을 당했는데, 오늘 또다시 위험에 부딪히니 이는 실로 내 운명이다. 내가 스승님과 함께 다시 위험에 빠지느니 차라리 싸우다 죽겠다."하고는 칼을 뽑아들고 맹렬히 싸우니 포 사람들이 두려워하며 공자 일행을 놓아주었다. 이에 공자 일행은 위나라로 갈 수 있게 되었다.

# 18  재진절양在陳絶糧

## 진나라에서 식량이 떨어지다

　공자가 초楚나라 소왕昭王의 초빙을 받고 가는 중이었다. 초나라를 가려면 진陳나라와 채蔡나라를 지나야 했다. 진나라와 채나라는 공자가 초나라로 입국하려는 것을 막으려 했다. 공자가 초나라에서 등용되어 강국이 되면 인접국인 자신들이 위태로워질 것이라고 생각했기 때문이었다. 공자 일행이 진나라로 들어갔는데, 진나라에서 군사를 보내 포위하고 초나라로 가는 길을 막았다. 시간이 지나자 양식이 떨어지니 따르던 이들이 지쳐서 일어나지 못했다. 그러나 공자는 태연스럽게 거문고를 켜고 시를 읊기도 하였다. 이에 자로가 불만을 품고 공자를 뵙고는 "군자도 이토록 곤궁할 때가 있습니까?"라고 물었다. 공자가 "군자는 본시 곤궁한 법이니, 소인은 곤궁하면 멋대로 행동한다."고 가르쳤다.

# 19 자로문진 子路問津

자로가 나루터를 묻다

　공자 일행이 섭나라에서 다시 채나라로 돌아오는 도중에 밭을 갈고 있는 장저과 걸익을 만났다. 공자는 은자로 생각하여 자로를 보내 나루터가 어디인지를 묻게 하였다. 이에 걸익이 말하길 "천하가 온통 어지러운데, 그 누가 이를 바로잡을 수 있겠소? 당신은 사람을 피하는 선비를 따르는 것보다 차라리 세상을 피하는 선비를 따르는 것이 낫지 않겠소!"라고 하였다. 자로에게 이 말은 전해 들은 공자는 실망하면서 이렇게 말했다. "새와 짐승과 함께 무리를 지어 살아갈 수는 없으니, 내가 이 세상 사람들과 더불어 있지 않으면 누구와 함께하겠는가? 천하에 이미 도가 행해졌다면 내가 너희들과 함께 세상을 바꿔보려고 하지도 않았을 것이다."

# 20 명사존로命賜存魯

## 노나라를 보존할 수 있는 방법을 찾다

　공자가 위衛나라에 계실 때의 일이다. 제齊나라의 전상田常이 난을 일으켜 대부 포씨鮑氏와 안씨晏氏를 탄압하고 노나라를 토벌할 계획을 세웠다. 이 소식을 전해 들은 공자는 "노나라는 내 조상의 무덤이 있는 부모의 나라인데, 이처럼 위태롭게 되었으니 내 비록 절개를 굽히는 한이 있더라도 이 일을 막아 어찌 노나라를 구하지 않을 수 있겠는가? 제자들 중에 누가 내 사신으로 가겠느냐"라고 말씀하셨다. 이에 자공이 나서서 허락을 받고 여러 나라로 유세의 길을 떠나게 되었는데, 이때 그는 제齊·오吳·월越·진晉을 차례로 순방하여 국왕들에게 노나라를 도와주도록 설득하였다. 마침내 자공의 책략으로 제나라는 오나라와 전쟁을 하게 되었는데, 제나라는 이 전투에서 크게 패하여 결국 노나라는 무사하게 되었다. 그리고 얼마 후 오나라는 월나라의 기습을 받고 멸망하고 말았다.

# 21 귀로작가歸魯作歌

## 노나라에 돌아와 노래를 짓다

　　노나라 애공 11년, 공자가 68세가 되었을 때에 제자 염구가 제나라의 전투에서 큰 공을 세워서 계강자가 폐백을 위나라로 보내어 공자를 노나라로 모셔오게 하였다. 이때 공자는 노나라로 돌아와서 다음과 같은 구릉가丘陵歌를 지었다.

　　"저 높은 구릉에 올라서니 산은 굽이굽이 연결되었네. 인도仁道는 가까운 데에 있건만 사람들은 먼 곳에서 찾으려고 한다네. 매번 길을 잃어버려 찾지 못하여 어렵고 곤란하여 고통스럽다네. 길게 탄식하고 뒤돌아보니 드높은 태산은 구름 위에 솟아 있다네. 무성한 나무와 푸른빛의 바위는 태산을 더욱 높아 보이게 하네. 양보梁甫와 서로 연결되어 있는 길에는 단지 가시나무만 가득하다네. 높이 올라가도 의지할 데도 없고 이를 베어버릴 도끼마저 없다네."

# 22 산술육경刪述六經

육경六經을 정리하다

공자가 노나라를 떠난 지 13년 만에 돌아왔지만 나라에서 공자를 등용하지 않았고, 공자도 벼슬을 구하지 않았다. 이때까지 노나라에는 주나라의 예법과 순박한 전통이 남아 있었지만, 시詩와 악樂 등의 옛 경전이 많이 손상되고 빠졌으며 그 순서를 잃어버린 것이 많았다. 이에 공자는 사방의 나라들을 주유하면서 얻은 경험과 지식을 바탕으로 옛 경전들을 바로잡아 정리하기 시작하였다. 그리하여 역사서 《춘추春秋》를 기술하고, 《서경書經》, 《예기禮記》, 《시경詩經》, 《악기樂記》 등을 다듬고 바로잡았다. 또한 《역경易經》의 〈단彖〉, 〈계繫〉, 〈상象〉, 〈설괘說卦〉, 〈문언文言〉을 서술했다.

# 23 농산언지農山言志
## 농산에서 제자들의 포부를 묻다

　　공자가 자로, 자공, 안연 등의 제자를 거느리고 농산農山에 올라가 "저 아래를 보니 마음이 서글퍼지네. 너희들의 포부를 말해 보아라." 라고 분부했다. 먼저 자로가 말했다. "저는 천군만마를 거느리고 변방의 천리를 평정하는데 있습니다." "참으로 용감하도다!" 그 다음 자공은 "저는 제나라와 초나라가 싸우면 서로 화해하게 만들겠습니다." "참으로 외교 언변에 능한 재주가 있도다!" 마지막으로 안연이 말하기를 "냄새나는 물고기는 난초와 함께 보관하지 않으며 성스러운 요堯와 순舜임금은 하나라 폭군인 걸임금과 함께 나라를 다스릴 수 없다고 하였는데, 그것은 그 무리됨이 다르기 때문입니다. 저는 밝고 어진 임금을 만나 그를 보좌하여 백성들이 편안히 살며 집안 식구들이 서로 흩어지지 않고, 전쟁에 대한 근심이 없도록 하는데 있습니다."라고 하였다. 이 말을 들은 공자께서 "참으로 아름답고 훌륭한 덕이 있도다! 백성을 상하게 하지 않고 말이 번거롭지 않은 것은 오직 안씨顔氏의 아들뿐이로구나."라고 칭찬하셨다.

# 24 위편삼절韋編三絶

죽간을 묶은 가죽 끈이 세 번이나 끊어지다

    공자는 만년에 《역경》을 좋아하여 탐독하였는데, 특히 〈서편序編〉, 〈단〉, 〈상〉, 〈계〉, 〈설괘〉, 〈문언〉을 중점적으로 연구하였다. 어찌나 열심히 읽으셨던지 대나무판으로 된 책을 묶은 가죽 끈이 세 번이나 끊어졌다. 공자는 "내게 《역경》을 공부할 수 있도록 몇 년만 더 주어진다면 그 문사와 의리에 다 통달하여 큰 허물이 없을 것이다."라고 말씀하셨다.

# 25 시석노군侍席魯君

노나라 군주와 대면하여 정치를 논하다

　노나라 애공이 공자에게 정치를 물어보았다. 공자는 "정치는 백성을 부유하게 하고 또 장수하도록 해야 합니다."라고 말씀하셨다. 애공은 "어떻게 하면 됩니까?"라고 물었다. 공자는 "세금을 적게 거두면 백성이 부유하게 되고, 그들을 함부로 부리지 않으면 죄를 범하지 않으며, 죄를 범하지 않으면 백성들은 장수할 수 있습니다."
　애공이 말하길 "세금을 적게 거두면 과인이 가난해질 것이 아니오?"라고 말하자 공자는 "《시경》에 '온화하고 가까운 군자의 모습은 백성들의 부모와 같더라.' 라고 하였는데 자식이 부유한데 부모가 가난해진다는 말은 듣지 못했습니다."라고 답변하셨다.

# 26 유복유행儒服儒行

유학자의 복장과 행동에 대해 말하다

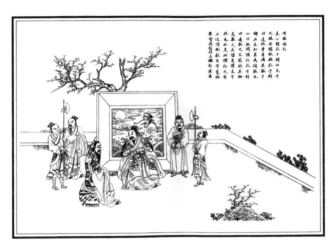

노나라 애공이 공자에게 묻기를 "선생님이 입고 계신 옷이 그 유복儒服(선비의 복장)입니까?" 하니 공자가 이렇게 말씀하셨다. "제가 어렸을 때에 노나라에 살면서는 봉액(옆이 넓게 트이고 소매가 큰 도포의 일종)의 옷을 입고 어른이 되어 송宋에서 살면서는 장보章甫(은나라 때 예관의 일종)의 관을 썼는데, 내가 들으니 군자의 배움은 넓어도 그 옷은 고향에 따른다 했습니다."

애공은 또 공자께 자리를 마련해 주고 "감히 묻거니와 유행儒行(선비의 행실)이란 어떤 것입니까?"라고 물으니 공자께서 대답하셨다. "선비에게는 자리 위의 보배로 초빙을 기다리며, 이른 아침부터 늦은 밤까지 학문에 힘써서 사람의 물음을 기다리며, 충忠과 신信을 품어서 임용을 기다리며, 힘써 행해서 임금이 취하기를 기다립니다. 그 홀로 행함이 이와 같은 것이 있습니다."

# 27  성문사과聖門四科

공자의 제자들이 네 가지 분야에
뛰어난 재능을 보이다

공자의 제자는 대략 3천여 명으로 알려지는데, 그중 육예六藝에 통한 자가 72명이었다. 또한 4가지 분야에 뛰어난 재능을 보인 인물들이 있었다. 덕행德行으로 뛰어난 제자는 안연, 민자건, 염백우 및 중궁이고, 언어言語로 뛰어난 제자는 재아, 자공이며, 정사政事로 뛰어난 제자는 염유, 계로이고, 문학文學으로 뛰어난 제자는 자유, 자하이다. 이들 10명의 제자를 당唐나라 개원開元 연간(713~741)부터 '성문십철聖門十哲' 또는 '공문십철孔門十哲'이라고 부르게 되었다.

# 28 서수획린 西狩獲麟

## 서쪽 들판에서 기린이 잡히다

　　노나라 애공 14년에 노나라 국도國都 서쪽의 땅인 대야大野에서 숙
손씨의 마부 서상이 괴상한 짐승을 잡았다. 사람들이 상서로운 일이
아니라고 여겼는데 공자께서 그것을 보시고 "기린이다."라고 하셨
다. 또 말씀하시길 "도를 행하려는 나의 희망도 다 끝났구나, 나를
알아주는 이는 아무도 없구나!"라고 탄식하셨다. 그런 후에 다시 말
씀하시길 "안 되지, 안 돼. 군자는 죽은 후에 이름이 알려지지 않는
것을 걱정한다."라고 하시고, 역사 기록에 근거하여 《춘추春秋》를 지
었다. 그리고 제자들에게 춘추의 뜻을 알려주며 이렇게 말씀하셨다.
"후세에 나를 알아주는 사람이 있다면 《춘추》 때문일 것이며, 나를
비난하는 사람이 있다면 그 역시 《춘추》 때문일 것이다." 이후 《춘
추》는 동양 역사서의 모범으로 읽혀졌고, 《춘추》의 뜻과 그 필법은
'춘추필법春秋筆法'이라고 세간에 알려지게 되었다.

# 29 치임별귀治任別歸

제자들이 상을 치르고 돌아가다

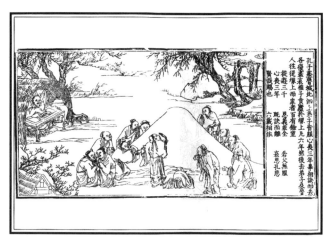

　　노나라 애공 16년(BC 479)에 공자께서 병이 나자 자공이 뵙기를
청했는데, 공자는 마침 지팡이를 의지하여 문 앞을 거닐고 있다가
"사賜자공아! 너는 왜 이렇게 늦게 왔느냐?"라고 탄식하고 다음과
같은 노래를 불렀다. "태산이 무너지려나? 기둥이 부러지려나? 철인
哲人이 시들려나?" 그리고 눈물을 흘렸다고 한다.

　　그 후 7일이 지나 공자께서 세상을 떠나자 노성魯城 북쪽에 있는
사수泗水가에서 장사 지내고 모든 제자들은 정식으로 3년간 상복을
입었다. 3년 상을 마친 후 제자들은 서로 손을 잡고 슬픔을 다해 통
곡하고 흩어졌으나, 오직 자공만은 6년 동안이나 무덤을 지키다가
떠났다. 이런 뒤에도 제자들과 노나라 사람들이 무덤 가까이에 모여
마을을 이루고 살았는데, 그 수가 1백여 가구나 되었다. 그 후 세상
사람들이 그 마을을 공리孔里라고 불렀다.

# 30 애공입묘哀公立廟

## 애공이 공자의 사당을 세우다

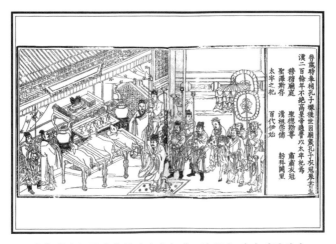

  노나라 애공은 공자가 돌아가시자 애도의 글을 지어 말하였다.

  "하늘도 무심하여 한 노인마저 남겨놓지 않고 데려가고, 나 한 사람만 여기다 버려두어 외로움에 울게 하는구나! 아, 슬프다!"

  그리고 공자의 사당을 세우고 사당을 지키는 사람을 1백 명이나 두었다. 공자가 살던 집과 제자들이 쓰던 내실은 뒷날 공자의 묘廟로 만들어졌다. 이곳에는 공자가 쓰던 의관과 거문고, 수레, 책 등이 소장되어 있었는데, 한漢나라에 이르기까지 2백여 년 동안이나 잘 보관되었다고 한다. 한나라 고조 유방이 노나라를 지나게 되었을 때에 태뢰太牢로서 제사를 지냈다. 그 후 제후, 경대부, 재상이 부임하면 항상 먼저 공자의 묘에 참배한 후에 정사에 임했다고 한다.

# 공자 연보

| BC 551(1세) | 노나라 추읍의 대부이자 무사였던 아버지 숙량흘叔梁紇과 어머니 안징재顔徵在 사이에서 탄생. |
|---|---|
| BC 549(3세) | 아버지 숙량흘 별세. 공자 모자는 곡부曲阜 궐리闕里로 이사함. |
| BC 535(17세) | 어머니 안징재 별세. |
| BC 533(19세) | 공자, 송인宋人 기관씨의 딸과 혼인. |
| BC 532(20세) | 아들 출생. 이때 노나라 소공이 잉어[鯉魚]를 하사하여 이름을 리鯉로 짓고, 자는 백어伯魚로 함. |
| BC 522(30세) | 제나라 경공과 공자가 만나 진목공이 어떻게 패자가 되었는지를 논의함. 제자 안회, 염구, 염옹, 상구, 양렬 등이 태어남. |
| BC 518(34세) | 노나라 대부 맹희자가 임종 전에 아들 맹의자, 남궁경숙에게 공자를 스승으로 모시라고 당부함.<br>이 무렵 공자는 남궁경숙과 더불어 주나라의 노자를 뵙고 예를 물음. |
| BC 517(35세) | 노나라에 내란이 일어남. 이에 공자는 제나라로 가서 경공을 만남. |
| BC 516(36세) | 제나라 경공이 공자에게 정치에 대해 자문함. |
| BC 504(48세) | 계씨의 가신인 양호가 권력을 전횡하여, 공자는 벼슬에 나아가지 않고 시서예악詩書禮樂을 닦고 제자들을 지도하는데 매진함. |
| BC 501(51세) | 노나라 중도재中都宰가 되어 잘 다스리니 사방에서 모범으로 삼음. |
| BC 500(52세) | 사공司空으로 승진되고, 뒤에 또 대사구大司寇로 승진됨. 이해 여름에 공자는 노나라 정공을 수행하여 협곡에서 제나라 경공과 회담함. |
| BC 498(54세) | 삼환三桓의 세력을 약화시키기 위해 삼도三都를 허무는 조치를 취함. |
| BC 497(55세) | 공자의 치세에 놀란 제나라가 이간책을 벌여 공자가 벼슬을 그만두게 함. 공자는 노나라를 떠나 위나라로 감. 가을, 공자 일행은 광 땅에서 액운을 만남. |
| BC 495(57세) | 공자가 위나라에서 노나라로 돌아옴. 노나라 정공이 별세하고 애공이 즉위함. |
| BC 493(59세) | 노나라에서 위나라를 거쳐 조나라와 송나라로 가다가 환퇴의 액운을 당함. |
| BC 490(62세) | 채나라에서 섭나라로 감. 섭공이 공자에게 정치를 물음. |
| BC 489(63세) | 공자 일행은 진나라와 채나라 사이에 식량을 소진하여 고생함. |
| BC 485(67세) | 위나라에 있을 때 부인이 별세함. |
| BC 484(68세) | 제나라와 노나라의 전쟁에서 공자의 제자 염유가 참전하여 승리함. 이에 노나라 실권자인 계강자가 공자를 다시 노나라로 돌아오게 함. 이로써 공자는 14년 동안의 열국주유를 마침. |
| BC 483(69세) | 벼슬에 나아가지 않고, 제자 지도와 고대 문헌 정리에 전념. 아들 리가 별세함. |
| BC 481(71세) | 수제자 안회가 별세함. 노나라 서쪽에서 기린이 사로잡히자 《춘추》의 저작을 마무리함. 제나라 진항이 임금을 시해하자 토벌을 주장했지만 지지를 얻지 못함. |
| BC 479(73세) | 4월, 지병을 치유하지 못하고 별세함. 노나라 성북에서 장사를 지냄. |